Grise-Vallée | Journal scolaire | Tome 5

Le Gorille que l'on croyait disparu

Du même auteur

S'amuser au masculin, Les Intouchables, 2008.

L'Opération Passe-Partout, Trécarré, 2007.

Les Saisons du parc Belmont, Libre Expression, 2005.

Boycott, Les Intouchables, 2003.

Le Cratère, tome 1, *Le Cristal qui pousse,* Trécarré, 2009.

Le Cratère, tome 2, *Les Photos impossibles,* Trécarré, 2009.

Le Cratère, tome 3, *La Tache des cauchemars,* Trécarré, 2010.

Le Cratère, tome 4, *L'Horoscope particulièrement précis,* Trécarré, 2010.

Grise-Vallée | Journal scolaire | Tome 5

Le Gorille que l'on croyait disparu

STEVE PROULX

TRÉCARRÉ
Une compagnie de Quebecor Media

Catalogage avant publication de Bibliothèque et Archives nationales du Québec et Bibliothèque et Archives Canada

Proulx, Steve, 1977-

Le Cratère

Sommaire: t. 1. Le cristal qui pousse -- t. 2. Les photos impossibles -- t. 3. La tache des cauchemars -- t. 4. L'horoscope particulièrement précis. Pour les jeunes de 12 ans et plus.

ISBN 978-2-89568-403-9 (v. 1)
ISBN 978-2-89568-404-6 (v. 2)
ISBN 978-2-89568-405-3 (v. 3)
ISBN 978-2-89568-406-0 (v. 4)
ISBN 978-2-89568-474-9 (v. 5)

I. Titre. II. Titre: Le cristal qui pousse. III. Titre: Les photos impossibles. IV. Titre: La tache des cauchemars. V. Titre: L'horoscope particulièrement précis.

Édition: Miléna Stojanac
Révision linguistique: Annie Goulet
Correction d'épreuves: Violaine Ducharme, Marie-Eve Gélinas
Couverture et grille graphique intérieure: Chantal Boyer
Mise en pages: Louise Durocher
Illustration de la couverture: Pascal Colpron

Cet ouvrage est une œuvre de fiction; toute ressemblance avec des personnes ou des faits réels n'est que pure coïncidence.

Remerciements
Nous reconnaissons l'aide financière du gouvernement du Canada par l'entremise du Fonds du livre du Canada pour nos activités d'édition.
Nous remercions le Conseil des Arts du Canada et la Société de développement des entreprises culturelles du Québec (SODEC) du soutien accordé à notre programme de publication.
Gouvernement du Québec – Programme de crédit d'impôt pour l'édition de livres – gestion SODEC.

Les Éditions du Trécarré
Groupe Librex inc.
Une compagnie de Quebecor Media
La Tourelle
1055, boul. René-Lévesque Est
Bureau 800
Montréal (Québec) H2L 4S5
Tél.: 514 849-5259
Téléc.: 514 849-1388
www.edtrecarre.com

Dépôt légal – Bibliothèque et Archives nationales du Québec et Bibliothèque et Archives Canada, 2011

ISBN 978-2-89568-474-9

Distribution au Canada
Messageries ADP
2315, rue de la Province
Longueuil (Québec) J4G 1G4
Tél.: 450 640-1234
Sans frais: 1 800 771-3022
www.messageries-adp.com

Diffusion hors Canada
Interforum
Immeuble Paryseine
3, allée de la Seine
F-94854 Ivry-sur-Seine Cedex
Tél.: 33 (0)1 49 59 10 10
www.interforum.fr

À Miléna
pour toutes les choses qu'elle voit

AVERTISSEMENT

Histoire d'éviter les ennuis, nos avocats nous ont demandé de vous dire que ce livre est une œuvre de fiction. Toute ressemblance avec des personnes connues ou des faits réels serait donc purement fortuite.

En résumé, tout est faux dans ce livre. Du premier mot jusqu'au dernier.

Plusieurs événements relatés dans ces pages vous paraîtront trop étranges pour avoir été inventés. Or, ne vous fiez pas aux apparences.

Et surtout, sachez que l'auteur de ce roman n'a nullement été inspiré par une série d'incidents qui se seraient réellement déroulés, voilà quelques années, dans la petite ville où il a grandi.

Ce n'est vraiment, vraiment, vraiment pas le cas.

Juré craché : toute cette histoire est entièrement sortie de l'imagination débridée d'un écrivain doté de beaucoup trop de temps libre.

Mais si, malgré tout, un doute persiste dans votre esprit, si vous croyez qu'il y a du vrai dans ce que vous vous apprêtez à lire... de grâce, n'en parlez à personne.

Jamais.

Tigidigidigidigidigidi!

L'Homme en beige donne un coup de volant et range sa camionnette sur le bas-côté. Il coupe le moteur.

Tigidigidigidigidigidi!

Il tâte l'une après l'autre les poches de son veston.

Tigidigidigidigidigidi!

Il trouve son cellulaire dans la poche de droite, parmi de vieux tickets de caisse et un emballage à muffin rempli de miettes. Il répond.

— J'écoute.

— Tout s'est déroulé comme prévu?

L'Homme en beige note le poil d'inquiétude dans la gorge de la Dame.

— Affirmatif, madame. Le gorille est retourné dans sa jungle.

— Comment était-il?

— Il avait faim, je pense.

— Ça ne m'étonne pas. Personne ne vous a vu?

— À cette heure de la nuit, tout le monde dort.

— Bon... Il se trouvera quelque chose à manger, il s'endormira. Demain, il ne se souviendra plus de rien. On le prendra pour un fou et, d'ici quelques jours, il ira rejoindre ses semblables à l'Institut psychiatrique. Là-bas, il ne sera plus une menace pour le secret.

— Il était une menace, madame?

— Maintenant, il ne l'est plus, dit seulement la Dame en éludant la question.

L'instant d'ensuite, elle a raccroché.

[00:19 FIN DE LA COMMUNICATION]

① Gare au gorille !

Quatre minutes avant le milieu de la nuit.
Mis à part l'épicier, une caissière, deux policiers, un lieutenant, une demi-douzaine de curieux en pantoufles et un primate sorti de ses gonds, tout le monde dort à poings fermés.

Commençons par dire qu'Ivan Dioz est le propriétaire de la seule épicerie de Grise-Vallée, l'Hypermarché. Ajoutons qu'il est le père d'un sac à blagues que nous connaissons bien, Yann Dioz. D'ailleurs, en ce qui concerne l'humour, le père et le fils se ressemblent beaucoup. Cette nuit, par contre, Ivan Dioz n'est pas d'humeur à nous en pousser une petite.

— J'aurais jamais dû ouvrir la nuit ! JAMAIS ! répète-t-il.

En peignoir sur le trottoir, le bonhomme ventru s'arrache ce qui lui reste de cheveux.

— Ma pire idée à vie ! À VIE ! se lamente-t-il de plus belle.

C'est que, voilà quelques mois, M. Dioz a eu la « brillante » idée d'ouvrir son épicerie 24 heures sur 24, sept jours sur sept. De cette façon, s'était-il imaginé, la clientèle serait mieux servie. Si une femme enceinte souffrait d'une rage de cornichons en plein cœur de la nuit, par exemple, elle n'aurait qu'à enfiler un pantalon et courir en acheter au supermarché qui ne ferme jamais. L'intention était bonne, mais l'épicier a vite réalisé que le nombre de femmes enceintes insomniaques et amatrices de cornichons oscillait autour de zéro (0). Rares aussi sont ceux qui ont besoin de lait écrémé, d'huile végétale ou de saucisses merguez aux petites heures du matin.

— Mais à quoi j'ai pensé? À QUOI?

En fait, seuls les fauteurs de troubles savent profiter d'un supermarché ouvert la nuit. Bien sûr, lorsque toute la ville dort, c'est un jeu d'enfant pour un voleur de piller une épicerie. Quatre braquages ont déjà été perpétrés. Chaque fois, un type avec un bas de nylon sur la tête a sauté sur l'occasion et exigé le contenu de la caisse à la pointe d'un revolver.

Quatre vols en trois mois. Quatre caissières menacées par des bandits. Et tout indique qu'il y en aura une cinquième.

Cette fois-ci, la caissière se prénomme Sonia.

À 2 h 01, Ivan Dioz s'est fait tirer du lit par un appel du poste de police. Au téléphone, on lui a dit qu'un détraqué était entré à l'épicerie. L'épicier a enfilé un peignoir et des pantoufles. Au pas de course, il n'a fait qu'une bouchée des deux coins de rue qui séparent sa maison du supermarché. Arrivé sur place, il a trouvé une ambiance de carnaval nocturne, un cordon policier jaune en guise de banderole. Deux autos-patrouilles, un camion de pompiers et une ambulance faisaient aller leurs gyrophares, répandant un peu partout leurs lumières rouges, bleues et blanches. Des voisins attirés par le boucan s'étaient transformés en spectateurs. Sur le trottoir, chacun jouait du coude dans l'espoir de voir l'action qui se déroulait derrière les vitrines de l'Hypermarché.

— Sûrement un malade mental! a déclaré quelqu'un dans la petite foule.

— ... Ou alors un drogué en manque de drogue qui cherche de l'argent pour acheter sa drogue! a renchéri un autre.

Ce spectacle dure depuis quarante-cinq minutes.

Ivan Dioz n'en sait pas plus que les curieux sur le trottoir. Ce qu'il sait cependant, c'est que Sonia est coincée sous le bras d'un fou furieux. Et que tout cela ne serait pas arrivé si l'épicerie avait été fermée. Vous comprenez pourquoi il s'arrache les cheveux.

— C'est ma faute! MA FAUTE! chiale-t-il.

Une main se pose sur son épaule.

— Ça va aller, monsieur Dioz, dit une voix râpeuse derrière lui.

Assisté de son fidèle gobelet à café, le lieutenant Schako, de la police de Grise-Vallée, tente de se faire rassurant. Il a au fond de l'œil une sorte de bienveillance de grand frère. Pour le reste, l'enquêteur traîne son air habituel de cadavre en imper. Par chance, à défaut d'être bel homme, Schako est un sacré bon poulet.

Lui et Ivan Dioz regardent l'escouade de policiers se faufiler à l'intérieur du super-marché. Pendant ce temps, dans l'allée des surgelés, le fou à lier fait voler des boîtes de croquettes de poisson.

— Je me fiche qu'il détruise mon magasin, dit Ivan Dioz au lieutenant Schako. Mais s'il touche un cheveu de Sonia...

L'épicier garde pour lui la fin de sa phrase. S'il avait pu, il serait entré dans l'épicerie et aurait lui-même tiré Sonia des paluches de ce King Kong. Les gros lards ne lui ont jamais fait peur. Dans son jeune temps, il a fait de la boxe.

— J'ai fait de la boxe, dans mon jeune temps, vous savez...

— Ne vous inquiétez pas, dit Schako. Mes gars sont des pros.

À travers les vitrines du supermarché, Ivan Dioz peut voir la «chose». Un ogre de deux mètres, les cheveux frisés, les bras gros comme des troncs d'arbres, broie maintenant des bananes au rayon des fruits et légumes. De temps en temps, il regarde en l'air et hurle: «Titard Mahut!» C'est tout ce qu'il fait depuis plusieurs minutes.

— Qui c'est, ce Titard Mahut? demande Ivan Dioz.

— Jamais entendu parler, dit Schako. Une chose est sûre: si ce détraqué cherche quelqu'un, il s'est trompé d'adresse. Et s'il ne veut pas dialoguer avec nous... on va devoir passer au plan B.

Le lieutenant saisit son mégaphone pour appeler un de ses hommes.

— BARBUTE! s'écrie-t-il.

Un jeune agent trop petit pour son uniforme accourt. Il a les joues rouges, et sa nervosité hurle au monde entier qu'il en est à sa première mission.

— On passe au plan B, lui fait savoir Schako.

Le jeunot fixe son patron d'un air à la fois innocent et interrogatif.

— Euh... le plan B, lieutenant?

— Oui, le plan B.

— Euh... c'est que... je ne savais pas qu'il y avait un plan A, lieutenant. Alors, vous comprenez, le plan B, je le connais encore moins...

— Il faut tout vous expliquer? Allez! Chatouillez-moi cet animal!

Barbute est démuni devant les ordres nébuleux de son chef. Un autre agent plus costaud, plus blond et plus expérimenté apparaît derrière lui et lui secoue les épaules.

— Relaxe, la recrue, dit-il. Il y a une première fois à tout. Et, parce que je suis gentil, je vais te laisser jouer avec mes jouets...

En disant cela, le collègue met entre les mains de Barbute le «jouet» censé «chatouiller l'animal». Le jeune policier maigrelet comprend tout: il s'agit d'un pistolet électrique. Aussi connue sous le nom de «pistolet paralysant», cette arme de poing propulse des électrodes. Lorsqu'ils atteignent la personne visée, ils libèrent une décharge de

50 000 volts. Le genre de chatouillis qui peut transformer en pâte molle n'importe quel dur à cuire.

— Ne me décevez pas, Barbute, dit Schako.

Le jeune agent étudie l'arme pendant quelques secondes. Il a appris à la manipuler à l'école de police, mais il ne s'en est encore jamais servi contre de véritables criminels. Pour son baptême du pistolet électrique, il aurait préféré avoir affaire à un plus petit « animal ». Hélas ! La bête fait deux fois sa hauteur et trois fois sa largeur. Certaines premières fois sont pires que d'autres...

Barbute remonte son pantalon, prend son courage à deux mains et avance vers l'Hypermarché. Son collègue blond le suit.

— Avec ce truc... pas de risques qu'ils blessent Sonia ? demande Ivan Dioz.

— J'ai confiance en mes gars, dit Schako.

Dans l'épicerie, Sonia est toujours coincée sous l'aisselle de l'armoire à glace (je vous épargne la description de l'odeur). Elle crie de tous ses poumons :

— AAaaahhhhaaaaAAAAAAh !

Après avoir réduit en purée la moitié du rayon des fruits et légumes, le forcené se dirige vers l'allée des condiments.

L'agent Barbute et son collègue sont entrés dans l'épicerie. Ils sont parvenus à ramper jusqu'à une pyramide de pots de mayonnaise à prix coupés sans être repérés par le fou. Celui-ci s'attaque maintenant aux bouteilles de ketchup. Il fait voler en éclats toutes celles qui lui tombent sous la main. Cela provoque un vacarme infernal.

PLINGKAPLANG! PAKLINGKLANGPA-TAKLANG!

Derrière leurs pots de mayonnaise, les deux policiers attendent le bon moment. Ils doivent s'approcher le plus possible de la bête. Le pistolet électrique a une portée d'un peu moins de huit mètres. S'il est trop loin, Barbute risque de rater sa cible. Son collègue et lui avancent encore un peu tandis que le gorille continue de faire éclater des bouteilles de ketchup.

Dehors, Ivan Dioz retient son souffle. Schako regarde ses gars les bras croisés. Les curieux ne disent plus un mot.

Dans l'épicerie, Barbute décide enfin d'avancer. Il fait un pas pour contourner la pyramide et filer vers l'allée des condiments, mais le plancher maculé de ketchup est devenu glissant.

Et l'agent Barbute n'est pas le plus adroit des policiers.

Il dérape sans aucune élégance et, dans un geste spontané destiné à ne pas se retrouver sur le fessier, s'agrippe à la première chose à portée de main. Un pot de mayonnaise. Et pas n'importe lequel : celui qui, parmi d'autres, constitue le bas de la pyramide.

La gravité étant ce qu'elle est, tous les pots des étages supérieurs s'éclatent la figure au sol. Le tintamarre qui s'ensuit ressemble à celui d'un abat dans une allée de quilles. La sauce blanche se mélange au ketchup sur le plancher, ce qui fait une trempette que je vous recommanderais si nous mangions de la fondue.

Ce qui n'est pas le cas.

Bien entendu, le bruit alerte le fou furieux. Celui-ci interrompt son saccage et vise du regard les deux flics. Il a les cheveux poisseux. Ses yeux sortent presque de leurs orbites. Il expulse son souffle de ses narines dilatées. Il ressemble à un taureau prêt à charger.

Au bout de l'allée, Barbute est sur le dos. Son collègue est juste derrière et tente de l'aider à se relever, mais il glisse à son tour dans la sauce. Disons qu'ils ne vivent pas les instants les plus glorieux de leur carrière.

L'énorme homme lâche alors Sonia et se rue vers notre pitoyable duo d'agents de la gaffe. Il fait trois grandes enjambées pour prendre son élan et saute. Un bond prodigieux d'au moins trois mètres. Il rugit.

Barbute n'a le temps que d'empoigner son pistolet électrique. Il vise le thorax du gorille en plein vol. Il appuie sur la détente. Deux électrodes sont lâchées. Tels de minuscules pitbulls, elles mordent la poitrine du monstre au plus haut de son saut de l'ange. La décharge de 50 000 volts fait son effet.

— AAAAAAAAARGGGHHH!

La pièce de viande est saisie. Elle s'écrase lourdement sur le sol recouvert de ketchup et de mayonnaise.

— Il est cuit! lance l'agent Barbute.

Le jeune policier n'est pas peu fier de sa prise. Du bout du pied, il tâte le flanc du balourd pour vérifier qu'il est bien paralysé. Son collègue s'empresse de lui passer les menottes. La paralysie causée par le pistolet électrique n'est pas éternelle.

Dehors, Schako lève un pouce en l'air et prend son mégaphone pour donner ses ordres.

— Beau travail, Barbute! Ficelez-moi ce jambon et sortez-le de là.

Ivan Dioz respire de nouveau. Il aura un gros, gros ménage à faire demain pour rendre son épicerie présentable, mais par miracle, personne n'a été blessé.

C'est l'essentiel.

Quelques minutes plus tard, les policiers hissent la baleine ligotée à l'extérieur du supermarché, aidés de deux ambulanciers.

— Où l'emmenez-vous? demande Ivan Dioz à Schako.

— À l'hôpital, puis... on verra.

Quelques minutes plus tard, une civière transportant le fou furieux passe près des deux hommes. Le lieutenant jette alors un œil à celui qui lui aura fait vivre une belle nuit d'enfer. En voyant son visage, il laisse tomber sur le trottoir son éternel gobelet à café.

— Je ne le crois pas! dit-il.

Pourtant, il en faut beaucoup pour ébranler ce policier. Schako en a vu des vertes et des pas mûres au cours de ses vingt-deux ans de métier.

— Je connais ce gars-là ! Il est disparu dans les grottes de Grise-Vallée il y a deux ans... Comment il s'appelait, déjà ? Felipe... Felipe Quelque-Chose...

② La mémoire en compost

Mercredi. 8 h 48.
Les souvenirs sont des choses putrescibles.
Pour les conserver plus longtemps, gardez-les
dans un endroit sec.
À l'intérieur d'un carnet, par exemple.

— Ouain... Ça va mal dans le journal ce
matin ! grimace un vieillard à casquette au
bout du comptoir.

L'ancêtre feuillette son quotidien en
léchant son gros pouce rugueux avant de
tourner les pages. Il fait partie d'un groupe
de trois retraités qui envahissent le Via
Lattea chaque jour, dès l'ouverture. Ceux-ci
commandent chacun un café et le sirotent
jusqu'à midi en bavardant. Peu d'informations utiles sortent de leurs bouches. Ils
se contentent le plus souvent de rejouer
leurs vieux succès, incluant : « J'ai mal à la
hanche », « Le café goûte la pisse de morue »,
« Ah, les jeunes de nos jours... » sans oublier
« Dans quel monde vivons-nous, je vous le
demande ! »

— Dans le journal, mon cher monsieur, ça
va toujours mal ! ajoute un des autres vieux,
dont le cou est tout plissé, comme un derrière
d'éléphant.

— Des mafieux, des fous furieux, des bandits à cravate, des ministres qui mentent

comme ils respirent... Jamais qu'on va parler du bon monde! continue la casquette.

— Du bon monde, vous en cherchez, mon cher monsieur? Allez à la page de la nécrologie: ils sont tous là!

À côté, Lili vide le lave-vaisselle sans prêter attention au blabla des trois vieux.

— Hé, Line! lance M. Cou plissé.

Celle-ci ne l'entend pas. D'habitude, c'est son père qui s'occupe d'eux. Mais aujourd'hui, c'est congé. Il n'y a pas d'école. Seuls les profs travaillent. C'est ce qu'ils appellent une «journée pédagogique». Vito a donc demandé à sa fille de le remplacer au café-crémerie. Il en a profité pour aller en ville, avec sa Clémence chérie, acheter je-ne-sais-quoi.

En essuyant ses tasses, Lili songe aux trois mille activités qu'elle pourrait être en train de faire au lieu de gaspiller les plus belles années de sa jeunesse à vider un lave-vaisselle. Activité n° 2769: tester une nouvelle saveur de gomme à mâcher.

— Allô, Line, LINE!

Lili sort de la lune. L'ancêtre s'adresse à elle. En regardant par-dessus ses lunettes, il lui jette des regards impatients.

— Oui, répond Lili.

— T'es dure de comprenure? Ça fait trois fois que je te demande un réchaud de café!

— Ça doit être leur musique de moukmouk qu'ils écoutent dans leur «iPote», dit l'autre tête grise. J'ai lu dans une brochure que ça leur trouait le tympan.

Lili laisse ses tasses un instant pour remplir de fluide brun le gobelet du grincheux. En remettant la cafetière sur son socle, elle tombe nez à nez avec les flèches de l'horloge. Les deux aiguilles lui rappellent que l'avant-midi ne fait que commencer. Elle soupire.

Activité n° 2770 : inventer une machine à accélérer le temps.

Dreling! Bling! Breding!

Les clochettes au-dessus de la porte du Via Lattea se réveillent en sursaut. Le facteur entre.

— Salut, la p'tite! dit-il en lançant un paquet de lettres sur le comptoir.

Lili aurait voulu lui répondre qu'elle a un nom (quoique « la p'tite » soit mieux que « Line »), mais le facteur est reparti trop vite. Le courrier du jour est composé des habituelles factures pour Vito, de circulaires bonnes pour le bac vert. Et c'est tout.

Encore ce matin, aucune lettre de Charles Fortan.

Lui qui avait pris l'habitude d'écrire toutes les deux semaines, voilà trois mois qu'il n'a pas donné signe de vie. Plus les jours passent, plus Lili se demande si l'ex-éditeur du *Cratère* n'a pas été victime d'un fâcheux accident. C'est possible.

Alors qu'il est confiné dans son abri nucléaire, il peut lui arriver n'importe quoi. Croyez-moi sur parole : le danger est partout. Il pourrait s'étouffer avec un os de poulet. Il pourrait s'électrocuter en tentant de sortir un bagel du grille-pain avec un couteau. Il pourrait avoir confondu de la colle superpuissante avec des gouttes pour les yeux. Dans son bunker coupé du monde, s'il lui arrive quoi que ce soit, personne ne pourra lui venir en aide. Pas de 911, pas d'ambulanciers, pas de Médecins sans frontières. Personne.

Vivre seul, c'est risqué.

— Hé, Line! lance un vieillard. Je prendrais un muffin aux carottes, trésor!

Lili en a assez. Une fois, ça va. Deux, c'est trop.

— Mon nom, c'est Lili... pas Line!

— Lili? C'est ton vrai nom? Je pensais que c'était ton petit nom. Comme moi, j'm'appelle Gaston, mais tout le monde m'appelle «'Ton».

— Moi, je m'appelle Lili et tout le monde m'appelle Lili.

— Fâche-toi pas!

Lili dépose le muffin aux carottes devant le vieillard.

— Les jeunes de nos jours ont des noms comiques, intervient le grincheux à casquette. Prenez ma petite-fille, elle s'appelle Glaurie!

— Glaurie? C'est dans quelle langue, le flingfloung?

— On dirait une maladie des intestins: «J'ai une glaurie, ça me fait mal quand je ch...»

— ... attendez avant de rire! Mon fils a baptisé son dernier Kamaël!

— Saudit! Appelez-le «Caramel», un coup parti!

— À l'époque, on s'appelait Roger ou Gérard, et personne ne s'en plaignait.

— C'était le bon vieux temps, ça, mon cher monsieur.

Lili retourne à ses réflexions. Activité n° 2771 : inventer un vaccin contre le radotage.

Que ceux qui se demandent ce que notre héroïne a vécu depuis sa rencontre avec sa mère dans ce bunker se rassurent : vous n'avez rien manqué. Ou presque. Ce fut le calme plat du côté des aventures. L'homme aux lunettes de soleil ne les a pas contactés, ni elle ni Simon. Pas un seul Homme en beige ne leur a mis de bâtons dans les roues. Et la clé du plus grand secret du monde, la mystérieuse île de Titor, ils n'en ont plus entendu parler.

La quête de virullite dans les grottes de Grise-Vallée, l'interview catastrophe avec Barnumans, la découverte du livre du futur, la disparition de Fortan dans l'abri nucléaire... tous ces « incidents » survenus vers la fin de sa quatorzième année d'existence ne sont plus que de lointains souvenirs. Je dis « lointains », car il s'est écoulé un an et demi depuis notre dernière aventure.

Lili a maintenant seize ans.

Certains soirs, étendue sur son lit, elle a l'impression d'avoir rêvé, d'avoir imaginé toutes ces histoires pour chasser l'ennui. Si elles n'étaient pas écrites dans son petit carnet noir, elle pourrait croire qu'elle ne s'est jamais éloignée du lave-vaisselle du Via

Lattea. Et les Hommes en beige, existent-ils ?
Et le plus grand secret du monde ?

À force de rester là, en tas au fond de la
mémoire, les souvenirs compostent. Avec
les années, les détails deviennent flous. On
oublie le bleu de l'océan d'un voyage à la mer
fait il y a longtemps. On oublie aussi la forme
du château de sable qu'on a mis des heures
à construire. Plus le temps s'écoule, plus les
souvenirs se mélangent. Dans notre esprit, on
n'arrive plus à différencier les vieilles fêtes
de Noël. Elles se ressemblent toutes. Le pire,
c'est que parfois on invente les bouts man-
quants d'un souvenir à moitié décomposé.

C'est ainsi qu'un souvenir devient un
mythe.

Étendue sur son lit, Lili se demande certains soirs si elle a vécu cette histoire d'amour
avec Simon, ou si elle l'a inventée. Car depuis
un an, ils ne se parlent plus.

C'est un détail que j'avais omis de men-
tionner, désolé.

Si je me souviens bien, le quatrième tome
de cette série se terminait alors que Simon
et Lili s'embrassaient avec la langue et tout.

C'est du Passé, tout ça. Et avec un grand
« P », s'il vous plaît.

Désormais, ils agissent comme si l'autre
n'existait pas. Ce qui n'est pas chose facile
étant donné qu'ils fréquentent la même école.
Ils ont même certains cours ensemble. Pour
parvenir à s'ignorer, ils ont adopté ce que j'ai
nommé la « conduite du poisson d'aquarium ».

L'idée m'est venue alors que j'observais les poissons dans l'aquarium de la salle d'attente de mon dentiste. Avez-vous remarqué à quel point les poissons sont passés maîtres dans l'art d'être indifférent? On ne les surprend jamais à se regarder, ni à s'amuser ensemble, ni rien. Bien que dans le même bocal, ils vivent leur vie en solitaire.

Idem pour Simon et Lili. Lorsqu'ils se croisent dans le corridor (ce qui arrive une trentaine de fois par jour), ils font semblant de ne pas se voir. Au cours de gym, ils ont même déjà été forcés de s'affronter dans une partie de badminton. Eh bien, croyez-le ou non, ils ont réussi à la terminer sans échanger un seul mot, un seul regard. De toute façon, le meilleur moyen de gagner au badminton est de ne pas quitter le volant des yeux. Tout le monde le sait.

Mais pourquoi diable nos deux héros sont-ils comme deux poissons d'aquarium? Pour une broutille: Simon a oublié l'anniversaire de Lili.

J'en conviens, cela peut paraître idiot comme raison, mais c'est la stricte vérité. Et je suis bien placé pour vous en parler. Moi-même, j'ai passé trois ans à bouder mon meilleur ami pour une bagatelle. C'était lors de mes années de collège. Je partageais un appartement de trois pièces et demie avec ce copain. Nous étions donc colocataires. Un soir que nous revenions de l'école ensemble, je lui ai avoué qu'il était mon meilleur ami.

J'attendais de sa part un « moi aussi » qui n'est jamais venu. Je ne l'ai pas digéré. Je venais de découvrir que celui que j'avais élu « meilleur ami » ne me rendait pas la pareille. Pour lui, j'étais peut-être son deuxième ou troisième meilleur ami... Peu importe. Le mal était fait.

Je n'ai rien dit du restant du trajet de l'école à notre appartement. Une fois rentrés, nous avons regagné nos chambres respectives. Le lendemain, au petit déjeuner, je n'ai pas prononcé un mot. Ce soir-là, je suis revenu chez moi tout seul, je me suis préparé un souper et je l'ai mangé dans ma chambre. La porte close. J'étais moins furieux que la veille, mais par orgueil mâle, je ne voulais pas être celui qui rampe vers l'autre pour s'excuser d'avoir fait la gueule. Alors, j'ai continué à faire la gueule pendant les jours, les semaines, les mois suivants.

Très vite, mon « meilleur ami » a compris qu'il aurait plus de chances d'avoir une conversation avec une roche qu'avec moi. Il ne m'a plus adressé la parole.

Et c'est ainsi que nous avons vécu, sous le même toit, jusqu'aux vacances estivales. Il y a eu l'été, nous ne nous sommes pas parlé. Puis, septembre est arrivé et le retour en classe aussi. Bien sûr, lui et moi avions pris des logements séparés. Désormais, nous ne nous voyions plus qu'à l'école. Mais nous avons conservé l'habitude de nous ignorer le plus fort possible.

Ce n'est qu'après notre formation collégiale, alors que nous étions tous les deux devenus de jeunes travailleurs, que nous nous sommes enfin reparlé. Je me souviens de cette première conversation après trois ans de silence radio. Nous avons surtout regretté d'avoir gaspillé de si belles années de notre amitié pour un demi-rien.

Nous nous parlons aujourd'hui, de temps en temps. Il est toujours bon de prendre des nouvelles. Mais nous ne sommes jamais redevenus « meilleurs amis ».

Maintenant, pouvez-vous croire que Simon et Lili s'ignorent de la sorte pour une simple histoire d'oubli d'anniversaire ?

Il faut dire que Simon n'a pas de talent pour retenir les dates d'anniversaire, et celle de Lili est particulièrement difficile à retenir. Je vous explique : si vous êtes né un 15 février, c'est facile. On n'a qu'à penser à la Saint-Valentin ; votre fête, c'est le lendemain. Et si vous êtes né un 3 mars, on pense au troisième jour du troisième mois de l'année. Ça se retient aisément.

L'anniversaire de Lili est le 24 mars. Une date pour le moins quelconque. Le 24 mars, c'est la Journée mondiale de lutte contre la tuberculose et, en Ouganda, c'est le Jour de l'arbre. Bon... il n'y a pas de quoi frapper la mémoire.

Toujours est-il que Simon a oublié l'anniversaire de son amoureuse. Il s'est ensuivi une chicane notoire. Lili a profité de ce petit oubli pour déballer la liste des choses qu'elle reprochait à Simon. Sa manie de ne pas enlever ses souliers avant d'entrer chez les gens, son habitude de se servir de l'eau sans en offrir aux autres, sa tendance à tout trouver «bof», etc.

Au terme de cette dispute épique, ils n'avaient plus rien à se dire. Et ils n'ont plus rien eu à se dire depuis. Voilà donc où nous en sommes: Lili vide le lave-vaisselle du Via Lattea en compostant ses souvenirs.

Et il n'est que 8h56.

Q

DRELING! BLING! BREDING!
Yann Dioz entre en trombe au café-crémerie. Son pied droit dérape sur le plancher. *Zwiiiiiiiiiiiiiiiiip!* Le gauche s'accroche dans la patte d'une chaise. *Kaklang!* Il tombe sur le derrière et se relève en s'appuyant sur une table. Celle-ci bascule et renverse deux tasses de café. *Klingpadakaling!*

Yann émerge enfin des dégâts, surexcité. Il s'agrippe au comptoir et regarde Lili derrière son lave-vaisselle, les yeux grands comme des disques compacts.

— F... Fe... halète-t-il. Felipe est... REVENU!

③ Une surprise n'attend pas l'autre

Mercredi. 19 h 09.
Avant qu'on invente la météo, chaque nouvelle journée était une surprise.
C'est fou, quand on y pense.

Simon regarde par la fenêtre de sa chambre. Une famille de nuages touffus traverse en file indienne l'habituel fond gris du ciel de Grise-Vallée. Il se penche vers le viseur de son appareil photo installé sur son trépied et fait la mise au point. Son doigt sur le déclencheur, il immortalise des cumulus. *Clic!* Trois petits nuages en forme de pop-corn...

— Fils, j'ai besoin de ton avis !

Félix Pritt se tient dans l'embrasure de sa porte. Son visage déborde d'enthousiasme. Le père de Simon est souvent intense, mais aujourd'hui, il bat son propre record.

— Quel titre préfères-tu, dit-il, *Nuit sanglante sur grand écran* ou *Pop-corn et chair de poule*?

— Euh...

— Allez, réponds, quoi ! reprend-il. Quel titre ?

— Bof... J'aime les deux, dit Simon, incapable de concurrencer avec la bonne humeur de son père.

— NOOOOOON ! Tu dois choisir !

Simon regarde ses nuages, puis son père.

— *Pop-corn et chair de poule*, finit-il par répondre.

Pour être franc, un ou l'autre aurait fait l'affaire. Simon s'en balance.

— Tu es bien mon fils : c'est mon choix aussi ! Attends de voir l'affiche !

Et Félix de disparaître dans le corridor, aussi excité qu'un enfant de quatre ans que l'on viendrait de féliciter pour son beau dessin.

Pourquoi toute cette frénésie ? Le mordu de cinéma qu'est le père de Simon a eu l'idée d'organiser une soirée d'Halloween originale : une nuit de films d'horreur. La programmation de la soirée est tirée de sa vaste collection de films d'épouvante. En tout, quatre longs métrages seront présentés :

POP-CORN et CHAIR DE POULE

20 h - LE PÈRE NOËL EST UN ZOMBIE, États-Unis (1969)

Le soir du 24 décembre, un mort-vivant remplace le père Noël.
Cette année, la distribution de cadeaux sera… sanglante !

22 h - LE DÎNER DE CANNIBALES, France (1971)

Un homme est invité à un grand dîner. À son plus grand dam,
il découvre que ses hôtes le prennent pour le plat principal.

Minuit - LES VAMPIRES FONT DU SKI, États-Unis (1966)

Une famille de vampires envahit les
pentes d'un centre de ski et sème la terreur.

2 h - LES ROIS DU CARNAGE, Canada (1975)

Des psychopathes végétariens transforment
en viande hachée les employés d'une boucherie.

OPL / BPO

Item: 32950034619468
Title/Titre: La tache des cauchemars
Due Date de Retour:
2018/1/9,23:59

Item: 32950036698403
Title/Titre: Le gorille que l'on croyait disparu /cSteve Proulx
Due Date de Retour:
2018/1/9,23:59

Item: 32950034619294
Title/Titre: Les photos impossibles
Due Date de Retour:
2018/1/9,23:59

Total checkouts for session:
3
Total checkouts:3

www.BiblioOttawaLibrary.ca
613-580-2535
www.facebook.com/OPLBPO
www.twitter.com/opl_bpo

J'ai oublié de préciser que Félix Pritt n'aime pas n'importe quels films : que les vieux. Au vidéoclub, il boude la section « Nouveautés ». Ce qui l'intéresse, ce sont les films du fond.

Quand il est en noir et blanc, que les acteurs sont médiocres, que l'histoire n'a ni queue ni tête, Félix jubile.

Quand les effets spéciaux souffrent d'un manque flagrant de budget, qu'on a pris du ketchup pour faire du sang, que l'on peut voir la fermeture éclair dans le dos des monstres, Félix en redemande.

Simon a essayé, mais il ne comprend pas la passion de son père. « Ce sont des films de série B, lui a maintes fois répété ce dernier. C'est parce qu'ils sont mauvais que c'est bon ! »

Certains pères traînent leur fils à la pêche, d'autres lui lancent la balle dans la cour arrière... Celui de Simon organise une nuit de cinéma d'horreur avec son fils unique. L'ennui, c'est que Félix tient à contrôler les moindres aspects de l'événement. C'est vrai, hormis avoir donné son avis sur le titre de la soirée, Simon n'a pas fait grand-chose jusqu'ici.

Avant de photographier les nuages, il a tout de même dressé sa liste d'amis à inviter. Elle est mince :

Éric-François Rouayin
Yann Dioz

Il n'a pu faire autrement que de constater le trou béant laissé par sa chicane idiote avec Lili. C'est toujours laid, un trou. C'est laid dans un chandail, laid dans un mur, laid dans une dent.

C'est laid aussi dans une liste d'amis.

— SIMOOOOON!

Sa mère qui l'appelle. Il abandonne son appareil photo sur son trépied et sort de sa chambre. En passant devant le bureau de son père, il voit ce dernier assis sur le bout de sa chaise devant l'ordinateur, occupé à bricoler son affiche.

Simon dévale l'escalier jusqu'à la cuisine. Il trouve Annabelle debout dans le vestibule. Un étrange sourire décore son visage.

— Tu m'as appelé? demande Simon.

— Il y a de la visite pour toi.

Annabelle fait un pas de côté. Lili est derrière elle.

Pouf! Ça, pour une surprise...

Trente secondes plus tôt, elle n'était qu'un trou dans une liste d'amis. Maintenant, elle est là. Dans le vestibule. Chez lui. Avec son manteau et son béret.

Simon ne sait trop où se mettre. Que faire? Que dire? *Lili...*

— Salut, fait-elle.

— Salut, répond-il.

Le malaise. Que peuvent se raconter deux poissons d'aquarium après si longtemps? Que peuvent se dire deux amis qui s'ignorent depuis un an?

— Tu viendrais marcher dehors ? demande Lili.

— Quoi ? Là ? Tout de suite ? Mais... je photographiais les nuages.

— Felipe est revenu.

— J'ai l'impression que ça fait un siècle qu'on n'est pas venus ici, dit Lili.

Simon appuie sur le bouton de l'ascenseur de la bibliothèque municipale de Grise-Vallée. Avant, c'était leur cachette secrète. Leur repaire. Batman a sa Batcave, Simon et Lili ont leur ascenseur. Je l'avoue, c'est moins impressionnant. Néanmoins, ils s'y réfugiaient jadis pour discuter de choses « importantes ». Vous savez de quoi je parle, j'espère !

Ils n'ont rien eu d'« important » à se dire depuis un an.

Une fois les portes de l'ascenseur refermées, Lili sort de la poche de son manteau une feuille pliée.

— Lis ça.

C'est un article imprimé à partir d'un site Internet.

UN MIRACULÉ SÈME LA PANIQUE À GRISE-VALLÉE

GRISE-VALLÉE, *le mercredi 20 octobre* — La police de Grise-Vallée a dû intervenir, cette nuit, pour maîtriser un forcené qui s'était barricadé dans l'Hypermarché.

L'homme dans la vingtaine, de forte stature, ne semblait pas avoir de motif connu. Selon le lieutenant Schako, il s'est présenté à l'épicerie vers 2 heures. « Il s'est mis à hurler : "Titard Mahut, Titard Mahut !" » raconte la caissière, Sonia Lamal, encore sous le choc.

Vers 2 h 45, les policiers ont dû avoir recours au pistolet électrique pour maîtriser l'individu.

UN VISAGE CONNU DES POLICIERS

Selon le lieutenant Schako, il s'agit de Felipe Calecòn. On se souviendra que ce spéléologue était disparu lors de l'«affaire du cristal qui pousse». C'était il y a deux ans.

En dépit des recherches, on n'avait jamais pu le retrouver. Une enquête a été ouverte pour tenter de savoir où M. Calecòn a passé les deux dernières années.

En attendant, il a été conduit à l'Institut psychiatrique de Radicelle, à quelques kilomètres de Grise-Vallée, où il reçoit des soins adéquats. Selon le directeur de l'établissement, Émile Iganell, Felipe Calecòn est dans un état de délire profond. Il ne pourra vraisemblablement pas expliquer son histoire avant plusieurs mois.

Ding!

Les portes de l'ascenseur s'écartent. Lili pose le doigt sur le bouton pour les refermer. Simon prend un moment pour digérer cette histoire ahurissante.

— Eh ben! Felipe n'est donc pas mort dans le trou de virullite... dit-il.

— Et tu as deviné qui l'a tiré du trou, j'imagine...

— Euh... c'est ce Titard Mahut?

— Poutine! Tu n'as rien vu?

Lili replace une mèche de cheveux derrière son oreille. Elle est excitée comme un chercheur d'or qui viendrait de trouver une pépite grosse comme le poing.

— Vu quoi?

— Felipe n'a pas dit «Titard Mahut», mais «Titor m'a eu».

Simon n'a aucune espèce de réaction. À l'écrit, la différence entre «Titard Mahut» et «Titor m'a eu» est frappante. À l'oral, par contre, c'est moins évident.

— « Titor m'a eu », reprend Lili. Dans le sens de « Je me suis fait avoir par Titor ».

Ding!

L'ascenseur sonne à l'instant précis où Simon comprend que Felipe s'est rendu sur la mystérieuse île de Titor. Lili appuie sur le bouton pour fermer les portes.

C'est gros. Très. Et parmi toutes les personnes qui ont vu Felipe depuis hier, Lili est la seule à avoir deviné ce que ce gorille tentait de communiquer.

La seule.

— Et je ne t'ai pas tout dit, continue Lili alors que l'ascenseur se remet en marche. Je pense avoir une petite idée de ce qui lui est arrivé.

— Je t'écoute.

— Tu te souviens, dans sa première lettre, Charles nous a parlé d'un trou de virullite dans la forêt amazonienne[1]. Il disait que c'est par ce trou qu'il a atteint Titor. Je suis sûre que c'est la même chose pour le trou de virullite dans les grottes de Grise-Vallée. C'est une porte qui mène à Titor, et Felipe l'a empruntée.

— Ça expliquerait le tuyau qu'on a trouvé dans le piège de cristal, ajoute Simon, celui sur lequel il était inscrit « Titor ».

Ding!

Simon se gratte le menton. Il évalue sommairement le poids du secret que Lili et lui ont entre les mains. Nous parlons ici d'un

---

1. Voir *L'Horoscope particulièrement précis* (*Le Cratère*, tome 4).

secret de plusieurs tonnes. Le genre de secret trop lourd pour être soufflé à l'oreille.

Dans la cage de l'ascenseur aux portes ouvertes, Simon fixe Lili. Lili soutient son regard. Les deux ex-meilleurs amis du monde ont à nouveau les deux pieds dans des aventures qu'ils avaient délaissées, il y a de cela si longtemps.

En regardant Lili et son visage fin et ses lunettes carrées et son petit carnet noir à la main, Simon se rend compte à quel point elle lui a manqué. Il relance l'ascenseur, qui redescend.

— Qu'est-ce qu'on fait ? dit-il.

— On va aller voir Felipe. Et tu sais ce qu'on fera ?

— Quoi ?

— Une interview pour *Le Cratère*.

— Mais... on n'écrit plus pour le journal depuis un an !

— Poutine ! Ça m'a paru tellement plus long...

④ De retour après la pause

Jeudi. 12h24.
Méfiez-vous de celles qui se maquillent trop.

Certaines choses ne changent pas : l'ordre des saisons, la couleur des corneilles, le répertoire de blagues de votre oncle préféré... Le bordel dans la salle de rédaction du *Cratère* est, aussi, une chose qui ne change pas. La grande table est toujours ensevelie sous les vieux journaux, magazines et dictionnaires. Près de la bibliothèque moisit toujours cette pile d'anciennes éditions jaunies. Les classeurs se tiennent les tiroirs ouverts. Certaines affiches sur les murs auraient besoin de punaises supplémentaires.

Le local A-112 n'a pas changé et les gens à l'intérieur, presque pas.

Insérée dans une robe rose zébrée d'éclairs jaunes, Laurence Kim ressemble à un *popsicle* aux fraises et aux bananes. Penchée, elle fouille dans son sac et sort des photos qu'elle dispose sur la grande table. Sur l'une d'elles, un garçon à casquette embrasse sur la joue une fille qui fait semblant d'être surprise. Sur une autre, un grand blond du genre sportif soulève une brunette en jupe à froufrous. Sur une troisième, deux amoureux se noient dans un champ de marguerites en ayant l'air contents d'être heureux.

— On a sélectionné nos candidats pour le concours du plus beau couple de l'école, dit Laurence au groupe.

Kim Laurence est aussi debout devant la grande table. La boulette a maintenant les cheveux vert pomme et porte une drôle de veste couleur citrouille (probablement dénichée dans une friperie).

— À partir de demain, renchérit-elle, les lecteurs pourront voter pour leur couple préféré.

Autour de la table, Yann Dioz et Éric-François Rouquin échangent un regard. À l'évidence, ils se fichent du concours du plus beau couple de l'école comme de leur dernière chemise.

Laurence déambule d'un pas ample devant le tableau blanc.

— Yann, la chronique *Humour* avance? demande-t-elle.

— J'en ai trouvé une bonne ce matin, dit le joufflu blagueur. Un fou lit un bottin téléphonique. Un de ses amis arrive et lui demande: «Il est bon, ton livre?» Le fou répond: «Mouais. Mais je trouve qu'il y a un peu trop de personnages.»

Kim, l'amoureuse (et meilleur public) de Yann, lâche un rire sonore. Éric-François, quant à lui, ricane à coups de courtes inspirations. Laurence frappe deux fois des mains pour ramener son équipe à l'ordre.

— Bon, ça ira, dit-elle. Sinon, où en sommes-nous avec le reportage sur la couleur des murs de la cafétéria?

— Mme Coutu confirme que le vert menthe n'est pas l'idéal pour un endroit où l'on mange, dit Kim. Pour favoriser la digestion, on préfère l'orangé.

— Excellent ! lance Laurence en décochant un pouce en l'air à sa jumelle.

Avant d'aller plus loin, je dois vous informer qu'un grand malheur a frappé *Le Cratère*. Oui, un grand malheur... Au début, j'ai cru qu'il s'agissait d'une blague. Hélas ! C'est la mort dans l'âme que je vous l'annonce : les jumelles-inversées-mais-de-noms-seulement sont devenues éditrices du *Cratère*.

Vous avez bien lu. Ces championnes olympiques en potinage de fantaisie, ces deux calamités de renommée municipale ont pris la barre de notre journal bien-aimé.

Je sais, c'est horrible. J'aurais préféré ne jamais écrire le paragraphe ci-dessus. Que voulez-vous, je n'avais pas le choix. Comment une telle catastrophe a-t-elle pu se produire ? Laissez-moi vous raconter.

Après que Charles Fortan se fut évaporé dans la nature, aucun professeur n'a voulu prendre sa relève. Tous avaient une « bonne raison » pour décliner l'offre. Le prof de gym, Roberto Pera, était déjà débordé avec la ligue de badminton. Pierre Moisette, le prof de géo, a refusé en alléguant un début de dépression nerveuse. Lorsque le directeur de l'école a demandé à la prof de français, Louison Méthode, de prendre la direction du *Cratère*, celle-ci l'a menacé de porter plainte auprès du syndicat des professeurs s'il tentait de la forcer à animer une activité parascolaire. La menace a fait son effet, et le directeur, M. Binus, n'a pas insisté.

En fait, après le départ précipité de Liette Pellerine pour une école située au fin fond de nulle part, et après la disparition inexpliquée de Charles Fortan, il circule parmi les professeurs une rumeur voulant que le poste d'éditeur du *Cratère* porte malheur. Cela expliquerait pourquoi les professeurs, qui sont plus superstitieux qu'on pourrait le croire, inventent toutes sortes de raisons pour ne pas hériter de la responsabilité du journal scolaire.

Sans capitaine, *Le Cratère* est passé à un cheveu de disparaître. Or, un matin, Kim Laurence et Laurence Kim ont pris leur courage à quatre mains et se sont présentées au bureau du directeur. Ce qu'elles lui ont dit? Mystère et boule de gomme. Mais, aussi incroyable que cela puisse paraître, les jumelles sont ressorties de ce bureau avec le titre de coéditrices. Désormais, tout ce qui se publierait dans les pages du journal serait sous la responsabilité de ces deux insupportables mammifères à faux cils.

Leur premier geste en tant qu'éditrices aura été de remettre les articles « Wow ! » au cœur du journal. Nous parlons ici de sujets d'une importance discutable : « Comment t'habiller pour être populaire ? », « Pourquoi ta *best* parle dans ton dos?», «Que faire si ton prof a des problèmes d'odeurs?»

Simon et Lili n'ont pas moisi longtemps au sein du journal des jumelles.

— Et toi, Éric-François, continue l'asperge rose. Ta chronique *Bizarre! Bizarre!*, elle portera sur quoi?

— Je bosse sur un papier à propos d'un ovni qui...

— ENCORE DES OVNIS? coupe Laurence. T'en as déjà parlé dans ta dernière chronique!

— Oui, mais... celui-là, il...

— Écoute, Éric-François: nos lecteurs en ont assez des ovnis! Quand t'en auras vu un, tu nous en parleras. D'ici là, trouve autre chose!

Laurence agite ses bras en l'air comme pour balayer le sujet hors de sa vue. De l'autre côté de la table, Éric-François l'observe en se mordillant l'intérieur de la joue. Il s'imagine le bonheur que ce serait d'être doté d'yeux capables de lancer un rayon désintégrant. Il s'en servirait juste là, à cet instant précis. Et s'il pouvait déplacer des objets avec son esprit, il viderait la poubelle au-dessus de la tête de cette chipie.

— Qu'est-ce que tu regardes? fait Laurence en remarquant qu'Éric-François la dévisage.

— Rien...

— Tant mieux... D'autres idées d'articles, quelqu'un?

— J'en ai une, dit alors une voix venant de derrière.

Toute l'équipe se retourne et découvre Lili, appuyée sur le cadre de la porte du local A-112. Simon est derrière elle. Dès que Laurence les voit, le ciel de son humeur se couvre de nuages gris.

— Que diriez-vous d'une entrevue exclusive avec un revenant?

— Tiens, tiens, tiens... Lili Piccione qui veut publier un article dans notre journal, dit-elle. Moi qui croyais qu'il était devenu trop « nullissime » pour toi.

— Absolument, reprend Lili en entrant. Vous avez entendu parler du type qui s'est barricadé dans l'épicerie du père de Yann hier?

— Yann nous en a parlé tantôt, et alors? répond Kim Laurence.

— Et alors?

— L'homme que la police a arrêté, c'est Felipe Calecòn.

— Qui? demande la branche de céleri.

— Il est disparu dans le trou de virullite il y a deux ans lorsque Simon et moi on a été faits prisonniers... Tu t'en souviens, de ça, au moins?

— Évidemment, je ne suis pas idiote! Non, mais...

— Simon et moi, on ferait une entrevue EXCLUSIVE avec Felipe.

Laurence regarde Lili avec un petit sourire mesquin.

— Et tu penses vraiment que *Le Cratère* est intéressé à publier ton texte! Peuh... Tu rêves en chaleur!

— Je pense que tu veux dire « en couleurs », corrige Kim en levant l'index.

— Hein? fait l'échalote.

— En *couleurs*. Tu rêves en *couleurs*, c'est ça, l'expression.

— C'est ce que j'ai dit.

— Non, tu as dit « tu rêves en chaleur ».

— Kim a raison, renchérit Yann Dioz. Tu as dit « en chaleur ».

— Je n'ai pas dit « en chaleur ».

— C'est ce que j'ai entendu, insiste Kim.

— JE SAIS CE QUE J'AI DIT!

Laurence serre les dents pour contenir sa rage. Il y a de ces fois où elle étriperait Kim. Mais un problème ridicule à la fois. D'abord, elle doit régler son compte à Lili.

— Je suis désolée, Lili Piccione, mais le journal est plein, continue Laurence. Il y a notre concours du plus beau couple... Puis, on vous a assez lus. Nos lecteurs veulent autre chose...

Laurence regarde Lili avec dédain. Celle-ci est sur le point de lui sauter à la gorge. Simon lui retient le bras et entre à son tour dans le local.

— De toute façon, fait-il, on venait aussi pour autre chose. Je vous invite tous à la soirée *Pop-corn et chair de poule*, chez moi, le soir de l'Halloween.

Simon déroule sur la table l'affiche offi-
cielle de la nuit de films d'horreur.

— WOW! s'exclame Yann en découvrant
l'œuvre.

— Génial! ajoute Éric-François.

— C'est mon père qui l'a faite, répond
Simon avec une certaine fierté dans la voix.

L'affiche montre un sac de maïs éclaté
duquel émerge une main de zombie en
décomposition qui tient une télécommande.
Avouez qu'il fallait y penser.

— Alors, vous viendrez?

— On devrait se déguiser! renchérit Kim.

— J'ai déjà mon costume : une patate!
ajoute Yann.

Laurence est déroutée par l'invitation-
surprise de Simon.

— Euh... on pourrait peut-être faire un
reportage sur la soirée, finit-elle par suggérer
du bout des lèvres.

— Oui, mais... répond Simon, je ne pensais pas t'inviter, Laurence.

— Pourquoi pas?

— Ben, si tu nous as assez vus dans *Le
Cratère*, tu ne voudras certainement pas nous
voir... chez moi!

— Non, c'est... euh...

Simon décoche un clin d'œil à Lili. Laurence patine de l'autre côté de la table en
tentant de se justifier.

— Bon... ça va, vous avez gagné. Vous
voulez votre article dans le journal? Vous
l'aurez!

— Merci beaucoup.

— Alors, je peux venir à la soirée ?

— Tu es la bienvenue, lâche Simon en mentant derrière un sourire de trente-deux dents.

Du chantage, chers amis lecteurs, c'est tout ce qu'il faut pour faire manger une échalote dans sa main.

        🔍

— L'air va changer au *Cratère*, dit Lili. Compte sur moi !

Elle et Simon marchent côte à côte dans le corridor. La tête haute. Voilà une scène que l'on n'a pas vue depuis longtemps à l'école secondaire de Grise-Vallée. Mais bon, personne autour ne semble s'en émouvoir.

— Je suis contente qu'on se reparle, continue Lili en reprenant son sérieux.

Simon essuie ses lunettes avec un coin de sa chemise.

— Moi aussi, chuchote-t-il, un peu gêné.

— Quoi ?

— J'ai dit : « Moi aussi. »

— J'avais compris. Mais je voulais l'entendre une deuxième fois.

Des pas de course résonnent derrière eux. Ils se retournent et voient Éric-François Rouquin accourir vers eux.

— Attendez ! dit-il, essoufflé. J'ai un truc qui va vous faire flipper !

— Qu'est-ce qu'il y a ? demande Lili.

Le grand maigrichon renifle un bon coup et ouvre le gros cartable qu'il trimballe sous le bras.

— Vous vous rappelez quand vous étiez dans le trou de virullite ? J'avais trouvé à la biblio l'histoire de ce mineur disparu dans la mine Smith il y a plus de cent ans. Simoléon Rosny, qu'il s'appelait. Selon les journaux de l'époque, il est réapparu exactement deux ans plus tard[2]...

Éric-François exhibe la photocopie d'un vieil article, bien conservé dans son cartable.

— ... C'est la même chose avec Felipe, poursuit-il.

Lili observe l'article d'un peu plus près. Éric-François leur en avait parlé lors de l'épisode de la virullite, mais elle avait effacé ce détail de sa mémoire. Ce mineur et Felipe, tous les deux disparus dans la mine Smith, qui refont surface deux ans plus tard...

Ce n'est pas un hasard.

— Laissez-moi vous accompagner à l'institut psychiatrique ! continue le chroniqueur. Et puis, j'ai mon permis de conduire. On pourrait s'y rendre en bagnole !

Lili regarde Simon, qui hoche la tête.

— Alors, on ira voir Felipe à trois, dit-elle.

---

2. Relire à ce sujet les pages 131 à 133 du roman *Le Cristal qui pousse* (*Le Cratère*, tome 1).

⑤ Lu sur une tranche de pain grillée

Samedi. 9 h 14.

On annonce souvent une bonne nouvelle avec des fleurs.

Moins souvent avec du pain tranché.

Lili ne tient plus en place. Elle est plus excitée que le jour où son père a retiré les petites roues de sa bicyclette. Plus que la fois où elle a trouvé par hasard un billet de cinquante dollars dans un livre emprunté à la bibliothèque. Plus que lorsqu'on lui a remis le Prix du mérite étudiant pour « l'élève s'étant le plus illustrée ailleurs qu'à l'école ».

Cela vous donne une idée de la fébrilité qui l'anime.

Installée sur un tabouret près de la vitrine du Via Lattea, elle attend Éric-François et Simon en tambourinant des doigts sur la couverture de son petit carnet noir. Elle branle de la patte tant elle est impatiente. Les garçons devraient arriver d'une minute à l'autre.

Cette nuit, elle a rêvé à Felipe. C'est vrai. En songe, elle a revu l'océan de regrets qu'il avait dans l'œil lorsque le trou de virullite s'est refermé sur lui.

Lili se souvient qu'à cet instant précis elle a trouvé au fond de son regard quelque chose comme un cœur. Ce cœur qui lui a fait poser le plus idiot des gestes : par amour pour Tania, il a volé la virullite du Musée de la météorite.

Et c'est ainsi que tout a commencé.

Depuis ce jour, Felipe a vu Titor. Il s'est certainement tapé tout un chapitre de péripéties. Ces deux années l'ont-elles transformé ? Lili a hâte de voir ce qu'elle trouvera, tout à l'heure, au fond de ses yeux.

Elle étire le cou vers la vitrine pour voir jusqu'au bout de la rue Principale. Aucune voiture en vue.

$$Q$$

Éric-François trouve son incroyable père, Anatole Rouquin, dans son « bureau ». Il est vachement occupé : il astique une trappe à souris en chrome. Un beau morceau de sa collection.

— P'pa ? demande le chroniqueur. Dis, je peux emprunter ta caisse pour faire un tour ?

— Pas question ! tranche-t-il sans quitter sa trappe des yeux. Jamais de mon vivant je ne te laisserai toucher ne serait-ce qu'un cheveu de mon auto ! JAMAIS !

— Allez, quoi... Sois sympa, à la fin !

— Bon, ça va. Mais vas-y mollo avec l'accélo... ou je te mets une claque !

— Promis !

Anatole – ah ! lui et son inexplicable manie de changer d'avis toutes les deux secondes – plonge la main dans sa poche. Il sort son trousseau de clés et le lance à son fils. Éric-François l'attrape et décampe avant que son père ne change d'idée.

Q

Pour tuer le temps, Lili feuillette son journal. Les nouvelles sont mauvaises, comme d'habitude, mais pas aussi mauvaises que lorsqu'elles sont *vraiment* mauvaises (quand par exemple un tremblement de terre fait des dizaines de milliers de morts). C'est un matin de mauvaises nouvelles ordinaires. Elle passe donc par-dessus les actualités régionales, nationales, internationales, par-dessus le courrier des lecteurs et le cahier Arts et Spectacles. Elle atterrit à la page 21. L'horoscope. Elle n'a jamais raté une rubrique astrologique, mais depuis qu'elle sait que sa mère est derrière les prédictions... elle les lit d'un autre œil.

 BÉLIER Vous êtes dans une forme splendide et ne tolérerez pas les refus. Par contre, ne soyez pas trop téméraire, cela pourrait gâter la sauce...

Lili bute sur un mot.
— P'pa, c'est quoi « téméraire » ?
Vito est accroupi sous son comptoir. Comme le café-crémerie est désert ce matin, il en profite. Que fait-il ? Il bricole. Depuis une

demi-heure, il livre une bataille épique armé d'un tournevis.

— Hein? répond-il en interrompant le duel.

— « Téméraire », qu'est-ce que ça veut dire?

— Hmmmm… fait son père en se relevant.

Doucement, il appuie la tête de son tournevis sur sa lèvre inférieure (ce qui semble l'aider à réfléchir).

— Comment tu l'écris?

— T-É-M-É-R-A-I-R-E.

Sans rien dire, Vito retourne à ses activités. Quelques secondes plus tard, il déclare:

— « Téméraire ». Adjectif qui signifie « dont l'audace expose à des situations dangereuses ». C'est tout à fait toi!

Vito cache-t-il un dictionnaire là-dessous? Lili se lève et se dirige vers l'arrière du comptoir.

C'est un ordinateur portatif que Vito a branché sous sa caisse enregistreuse. Il n'a eu qu'à consulter le dictionnaire en ligne pour répondre à la question quiz de Lili.

— C'est pour quoi faire, l'ordi? demande cette dernière.

— Aaaaah! Ça, c'est pour mon nouveau grille-pain!

Vito désigne l'appareil en acier inoxydable qui médite à côté de la machine à espresso. Un engin superbe, avec des fentes assez larges pour accueillir du pain de ménage. Il est en outre doté du réglage numé-

rique de la cuisson et d'un bouton « bagel »
pour ne griller qu'un côté.

Vous vous souvenez, la journée pédagogique? Le père de Lili et sa rousse dulcinée
en avaient profité pour faire un peu de maga-
sinage. Ils ont visité le Salon de l'industrie
alimentaire, car comme vous le savez Vito et
Clémence se passionnent pour la bouffe. Lui
cherche à satisfaire les fins palais avec ses
gelati, elle coupe l'appétit des goinfres avec
ses photos à faire gerber.

Bref, ils ont acheté ce grille-pain.

— Et voilà! lance Vito en rangeant son
tournevis dans la poche de son tablier. Tout
est prêt! Alors, jé té fais une rôtie?

— Bof, répond Lili.

— Tu né vas pas partir lé ventre vide!

Vito distribue deux tranches de pain
dans les fentes de l'appareil et appuie sur le
levier.

— Ça né devrait pas être bien long, dit Vito.

— Clémence n'est pas là? demande Lili.

— Elle avait rendez-vous chez lé médecin.

— Elle est malade?

— Non.

— Alors, qu'est-ce qu'elle a?

Son père fixe le grille-pain sans répondre.
Sous la chaleur, on entend crépiter les sept
grains entiers. Des fentes s'échappe un filet
de fumée. Deux innocentes tranches de pain
souffrent le martyre là-dedans.

— Il né grille pas très vite, cé grille-pain...
dit Vito en changeant de sujet.

Lili s'apprête à poser une sous-question sur Clémence lorsque...

Pout! Pout!

Le cri d'un klaxon. Dehors, Éric-François Rouquin est derrière le volant de l'auto de son père. Simon occupe le siège du passager.

— Je dois y aller! Salut, p'pa!

Flip! Les deux tranches sautent alors de l'appareil. Vito les saisit au vol. Il insère la première dans une enveloppe de papier ciré et donne l'autre à Lili. En la prenant, celle-ci remarque quelque chose d'inhabituel.

Un message est écrit en lettres calcinées sur la surface du pain:

Buongiorno, ma téméraire!

Chacune des lettres a été, pour ainsi dire, «grillée» sur la mie. Voilà pourquoi le père de Lili était aussi excité: ce grille-pain imprime des mots.

— Et cé n'est pas tout! dit Vito en sortant le mode d'emploi de son acquisition. Selon cé qui est écrit ici, lé SuperToaster InfoGateway Deluxe 3000 peut «griller» n'importe quoi: des images, des mots, la météo, des statistiques sportives... même des courriels!

Lili sourit. Quand son père s'emballe pour un nouveau gadget, c'est...

Pout! Pout!

Ah, j'oubliais: Éric-François et Simon s'impatientent.

— C'est génial, p'pa! Mais je dois vraiment y aller!

Elle sort du café-crémerie, contourne la corpulente auto brun foncé que conduit Éric-François et ouvre la portière.

— C'était long! commente Simon en direct du siège avant.

— Je n'avais pas déjeuné, dit Lili.

Éric-François démarre. Lili boucle sa ceinture de sécurité. Elle plonge alors la main dans l'enveloppe cirée pour attraper sa deuxième rôtie. Bien sûr, un autre message est grillé sur l'une de ses faces. Lili s'étouffe presque en le lisant...

**Tu seras
bientôt
grande sœur!**

⑥ Une tranche de pain en brique

Toujours samedi. 9 h 52.
Je sais, le chapitre précédent parlait aussi de pain tranché.
Croyez-moi, c'est une coïncidence.

Normalement, dix minutes en auto suffisent pour atteindre le village de Radicelle. Par «normalement», je veux dire : lorsqu'on roule à une vitesse normale. Or, le père d'Éric-François a interdit à son fils de dépasser les trente kilomètres-heure. Ce qui est lent.

Pour décrire Radicelle, le mot «village» est trop ambitieux. La population compte à peine une quarantaine d'agriculteurs (avec leurs épouses et leurs enfants), un propriétaire de dépanneur et une vingtaine de retraités. Ce qui est peu.

— Et si c'était une blague? dit Simon en lisant la rôtie de Lili.

— Si c'en est une, elle n'est pas drôle, répond Lili en regardant par la fenêtre de la voiture. Et puis, Clémence était chez le médecin ce matin...

— Que vas-tu faire?

— Je ne sais pas.

— Quoi, un bout d'chou, c'est trognon! ajoute Éric-François en n'appuyant pas sur le champignon.

— Poutine! Si mon père s'attend à ce que je change des couches, il se trompe...

La route longe une forêt de conifères d'un côté et une ferme porcine de l'autre.

— C'est ici! lance Lili en désignant du doigt un étroit chemin s'enfonçant dans l'épais rideau d'épinettes noires.

— T'es sûre? demande Éric-François en freinant après avoir vérifié ses rétroviseurs et son angle mort.

— Cent pour cent sûre.

Chaque village digne de ce nom compte parmi sa population un type que l'on surnomme le «fou du village». Il s'agit le plus souvent d'un simple d'esprit qui erre dans les rues en saluant tout le monde. On peut aussi tomber sur un vieillard qui en a «perdu des bouts» ou un ex-soldat revenu d'une guerre avec des séquelles plein la cervelle.

Un fou dans un village, c'est pittoresque. Ça l'est moins lorsqu'il y a plus de fous que de villageois. Ce qui est le cas à Radicelle.

Ce doit être, j'imagine, la raison pour laquelle on a dissimulé l'institut psychiatrique derrière ces épinettes noires.

Tout au bout du chemin se trouve l'établissement pour malades mentaux le plus important de la région.

L'auto d'Éric-François s'enfonce dans cette sombre forêt. Une centaine de mètres plus loin, ils découvrent une clairière dominée par un sinistre bâtiment en pierre beige de huit étages. S'il est presque aussi large que haut, il manque cependant de profondeur. Oui, cet édifice est mince. On croirait voir une tranche de pain géante tenant debout au milieu du gazon.

Nos trois visiteurs débarquent de l'auto. Simon saisit son appareil photo et capture ce qu'il a sous les yeux. *Clic!* La clôture en fer qui ceinture le bâtiment. *Clic!* Gros plan de l'enseigne en pierre qui indique « Institut psychiatrique de Radicelle ». *Clic!* Vue en contre-plongée de la tranche de pain dans son intégralité.

— Regardez tout en haut, il y a des barreaux aux fenêtres, dit-il en rangeant son appareil.

— Normal, dit Éric-François. Les patients sont classés par degré de folie. Les fous légers, ceux qui se prennent pour Jésus ou pour la reine d'Angleterre, occupent le premier étage. Au-dessus d'eux, on trouve les fous moyens. Et plus on monte, plus les fous sont fous. Sociopathes, schizophrènes, psychotiques. Jusqu'aux fous furieux. Ceux-là sont gardés sous haute sécurité au septième. Ce qui explique les barreaux.

— Et qu'est-ce qu'il y a au dernier étage? demande Simon.

— Les bureaux de l'administration.

— Poutine! Comment sais-tu tout ça? lance Lili.

— Me suis renseigné. Wikipédia, tu connais?

— Je me demande où ils ont mis Felipe...
poursuit Lili sur un ton pensif.

Les deux autres lèvent la tête vers l'étage
aux barreaux. Bien sûr que c'est là qu'ils l'ont
mis.

Ils laissent la voiture dans le parking et
marchent vers l'entrée de l'institut.

L'intérieur de l'édifice empeste le savon
chimique. C'est si propre que ça pue. Les
planchers luisent. Les murs sont peints en
vert caca d'oie. L'accueil est facile à repérer
grâce à la pancarte « Accueil » accrochée
au-dessus d'un comptoir. Derrière, un jeune
homme gribouille sur une feuille de papier
sans prêter attention aux trois visiteurs. Il
porte un uniforme pâle qui pourrait aussi lui
servir de pyjama en cas d'urgence.

— Bonjour ! fait Lili en se présentant
devant lui. Nous aimerions visiter quelqu'un.

Le préposé joue au Tic-Tac-Toc en solitaire. Interrompu, il fait une moue irritée et
lève la tête.

— Vous avez un rendez-vous ?

— Euh... non.

— Désolé. Pas de visite sans rendez-vous.

— Comment on fait pour prendre rendez-
vous ?

— Vous venez ici et vous prenez rendez-
vous. J'inscris alors le rendez-vous sur ma
feuille de rendez-vous.

Le jeune homme a un curieux tic nerveux :
avec son doigt, il se tire-bouchonne l'intérieur
de l'oreille. Ne me demandez pas pourquoi.

— D'accord... Nous aimerions prendre rendez-vous, reprend Lili.

— Parfait. Nom et prénom du patient visité?

— Calecòn, Felipe.

— Lien avec le patient?

— Euh...

— Êtes-vous de la famille?

— Euh... oui. Nous sommes de la famille.

— Nom et prénom.

— Lili P... Je veux dire: « Calecòn, Lili » !

— Date et heure du rendez-vous?

Lili jette un regard complice à ses deux amis.

— Euh... aujourd'hui, à 10 heures, est-ce possible? poursuit-elle.

Le préposé à l'accueil se dévisse la tête pour consulter l'horloge accrochée au mur derrière lui.

— C'est dans cinq minutes, dit-il.

— Je sais.

— Vous voulez un rendez-vous dans cinq minutes?

— Est-ce possible?

— Euh... théoriquement, oui.

— Parfait.

— Comme vous voulez...

Après avoir inscrit les informations sur sa feuille de rendez-vous, le singulier jeune homme retourne à sa partie de Tic-Tac-Toc. Lili reste plantée là. Doit-elle rire ou pleurer devant l'incroyable absurdité de la situation?

— Monsieur ? fait-elle en retenant un ricanement.

Simon et Éric-François observent la scène. Ils n'en croient pas leurs yeux.

— C'est à quel sujet ? répond le préposé comme s'il n'avait jamais vu Lili de sa vie.

— Nous avons rendez-vous.

— Un instant...

Il met ses lunettes pour consulter sa feuille de rendez-vous.

— C'est avec le patient Calecòn, à 10 heures, c'est bien ça ?

— Exact.

— Laissez-moi vérifier...

Il décroche le téléphone. Au même moment, une bonne femme dans la quarantaine arrive en faisant claquer ses bottines sur le plancher. Elle porte un uniforme beige qui ne lui va pas à ravir ainsi qu'une paire de sourcils en position « fâchés ».

— Monsieur Glocol ! lâche-t-elle. Je m'absente cinq minutes et qu'est-ce qui se passe ? Je vous retrouve à ma place ! Pourquoi n'êtes-vous pas avec les autres dans la salle commune ?

— M. Glocol voulait aider, juste aider... répond le jeune homme.

Les traits de la femme s'adoucissent. Elle prend un air plus compréhensif et lui serre les épaules d'un geste amical tandis que le faux préposé se lève, piteux.

— Et j'apprécie toujours votre aide, monsieur Glocol... dit-elle.

— Je vous ai bien rendu service mardi, madame Wuth. Hein ? Avec le recyclage ?

— En effet, monsieur Glocol. Mardi, vous m'avez bien aidée. Mais aujourd'hui, j'aimerais que vous aidiez vos collègues dans la salle commune. Pensez-vous en être capable ?

— Oh oui, madame Wuth. Je vais aider les autres collègues à la salle commune. Oh oui...

L'homme s'enfuit par le long corridor et disparaît derrière une porte. Pendant ce temps, Mme Wuth, celle que l'on devine être la véritable préposée à l'accueil, sert un regard désolé à nos trois héros.

— Veuillez excuser M. Glocol, dit-elle. Il adore aider, mais parfois il aide un peu trop et ça n'aide pas du tout ! Que puis-je pour vous ?

À nouveau, Lili prend la parole.

— Nous sommes venus voir Felipe Calecòn.

— Avez-vous un rendez-vous ?

Lili hésite une seconde. Bien sûr, elle possède toujours son rendez-vous sans valeur, fixé par un patient de l'institut psychiatrique... Mais ça peut marcher.

— Oui... oui, on a un rendez-vous pour aujourd'hui, 10 heures.

— Laissez-moi vérifier.

La dame consulte sa feuille de rendez-vous.

— Vous êtes ses cousins, donc ?

— Exact.

La femme considère Simon, Lili et Éric-François d'un air sceptique. Elle trouve les trois jeunes plutôt louches. Sans les quitter des yeux, elle saisit le combiné du téléphone et compose un numéro.

— Monsieur le directeur ? Trois cousins de M. Calecòn demandent à le voir... Oui... Bon. D'accord.

La dame raccroche.

— Suivez-moi, je vous prie. Le directeur souhaite vous rencontrer.

⑦ Suivez le guide !

Samedi. 10 h 03.
Un guide sachant guider sait guider sans son chien.

— ... C'est ici, au dernier étage, que vous pourrez contempler la plus célèbre résidente du musée. Elle se passe de présentations : voici l'Obélisque de cristal !

Tania Sital dirige un troupeau de visiteurs vers un dôme de verre à l'abri duquel se trouve le sommet d'une imposante colonne faite d'une pierre semblable au quartz.

— On surnomme la virullite le « cristal qui pousse », reprend Tania. Quelqu'un peut-il me dire pourquoi ?

— Paski pousse ? lance un garçon dans le fond.

— Oui... Mais encore ?

— Il gonfle parce qu'il capture l'oxygène, dit une jeune visiteuse plus allumée que l'autre.

— Exact ! C'est ce qui est arrivé à ce spécimen un certain 25 septembre. On l'a laissé à l'air libre et sans surveillance... Et voyez le résultat !

La belle châtaine fait un pas de côté pour permettre aux curieux d'admirer la tête de la gigantesque colonne de virullite. Des visages impressionnés prolifèrent dans la petite foule.

Des enfants se collent le nez sur la vitre. Des appareils photo se mettent à crépiter. Certains ont fait plusieurs heures de route pour voir cette merveille du règne minéral.

— Avant de partir, visitez notre boutique de souvenirs à la sortie du musée!

Se tenant à l'écart, Tania sort une barre de céréales de la poche de son pantalon cargo. Une collation méritée. La première des huit visites guidées prévues pour aujourd'hui vient de se terminer.

Le nouveau Musée de la météorite a été inauguré voilà presque un an maintenant. De l'extérieur, il ressemble à une torsade de verre et d'acier qui s'enroule autour de l'énorme colonne.

Étant donné sa vaste connaissance en matière de cristal qui pousse (et son plaisant sourire), Tania n'a eu aucun mal à y décrocher un emploi de guide. Deux ans plus tôt, elle guidait un petit groupe de spéléologues au fond des grottes de Grise-Vallée. Parmi eux se trouvaient Simon et Lili. À l'époque, Tania et son amie Maude cherchaient de la virullite. En mastiquant sa barre, Tania réalise à quel point toute cette histoire est loin derrière elle.

Songeuse, elle observe les visiteurs multiplier les photos de l'Obélisque. La tour Eiffel (à Paris) est encore le monument le plus photographié au monde. Mais, qui sait? Peut-être que cette colonne lui volera un jour sa place. Ou peut-être pas.

Un message diffusé par l'interphone du musée tire la châtaine de ses réflexions. « *Tania Sital est demandée à la réception. Tania à la réception. Merci.* »

L'autre groupe est sûrement en avance, pense la guide. Elle laisse son groupe actuel s'extasier devant la virullite et se dirige vers l'ascenseur. Elle presse le pas en constatant qu'une personne courtoise lui retient la porte. Elle entre dans la cage et, d'un hochement de tête, remercie le gentil inconnu.

Ce grand gaillard porte des verres fumés. Il a les cheveux longs, laineux et noirs. Sa veste pue le cuir sale. De lourdes bagues de fer pendent à chacun de ses doigts. Mais Tania remarque surtout ce lézard vert tatoué dans son cou.

Les portes se referment. Tania se tasse dans un coin pour ne pas rester trop près du sombre individu. L'ascenseur démarre mais, après une seconde, il bloque entre le troisième et le deuxième étage.

Encore une panne, se dit Tania. Elle étire le bras pour attraper le téléphone d'urgence situé sous le panneau de boutons. Aussitôt, d'une main ferme, l'homme aux lunettes de soleil l'en empêche.

— Ne craignez rien, dit-il. Tout est parfaitement normal.

— Pardon ? Mais non, voyons ! On doit appeler la sécurité !

— L'ascenseur redémarrera dans quatre minutes. Maintenant, écoutez-moi.

Le ton de cet étrange type au lézard tatoué dans le cou est loin de plaire à Tania. Se retrouver seule avec lui dans ce lieu clos n'est pas la définition qu'elle se fait d'un « moment agréable ».

— Qui êtes-vous ? demande-t-elle.

— Vous ne me connaissez pas. De toute façon, je ne suis pas ici pour vous dire qui je suis, mais plutôt *qui vous êtes*.

Tania jette un regard interrogatif au type. Celui-ci, malgré son allure peu fréquentable, lui décoche un sourire.

— Que me voulez-vous ?

— Felipe est revenu.

Surprise, Tania a un léger mouvement de recul.

— Felipe ? Mais... il est mort.

— Faux. Il est aussi vivant que vous et moi. Lors de sa disparition dans la grotte, on l'a transféré dans un lieu nommé Titor. J'ignore ce qu'il a vu là-bas, ou ce qui s'est passé, mais il semble qu'on ait décidé qu'il valait mieux pour lui de revenir à Grise-Vallée. Or, comme tous ceux qui reviennent de Titor, Felipe a le cerveau englué. Il est fou. En ce moment, il est à l'Institut psychiatrique de Radicelle.

— Quoi ? Depuis quand ?

— Depuis hier.

Tania est sans voix. Qui est cet étranger qu'on croirait tout droit sorti d'un congrès de motocyclistes Harley-Davidson ? L'homme consulte sa montre et poursuit :

— ... Il me reste peu de temps avant que l'ascenseur redémarre. Je dois vous expliquer le plan.

— Le plan? Quel plan?

— Le plan pour sauver Felipe. On doit le sortir de là et l'aider à retrouver sa mémoire. Ce qu'il a vu sur Titor est caché quelque part dans son cerveau. Il s'agit peut-être des pièces manquantes du plus grand secret du monde.

— Quoi? Le plus grand secret? Je ne comprends pas...

— Vous comprendrez. Avez-vous de quoi prendre des notes?

⑧ Voyage au centre de la folie

Le même samedi que tantôt. 10 h 07.
Quelle est la différence entre un fou et une personne souffrant de problèmes de santé mentale?
Trente-neuf lettres.

Lili, Simon et Éric-François suivent Mme Wuth dans un corridor. Arrivée au bout, la femme pousse deux portes battantes en acier. Ils entrent officiellement au pays des fous.

— Voici la salle commune, dit-elle.

La pièce est plus longue que large et, d'un côté, une baie vitrée donne sur la cour arrière de l'institut. Ils croisent un patient qui vadrouille le plancher tandis que M. Glocol supervise son travail en jouant les importants.

— ... et après avoir nettoyé votre dégât, vous pourrez vous reposer un peu, dit-il en se tirebouchonnant le canal auditif.

Un peu plus loin, une vieille femme en robe de mariée tricote. Assis dans un fauteuil, un gros chauve discute avec lui-même. Au milieu d'une sorte de salon, un type fixe inexplicablement une ampoule électrique avec ses verres fumés. Trois individus portant une bavette semblent hypnotisés par le téléviseur accroché au mur. L'un d'entre eux éclate de rire sans raison, puis reprend son sérieux aussi vite.

Simon, Lili et Éric-François observent d'un œil curieux ce petit monde de personnes excentriques.

— L'avant-midi, la plupart des patients sont au jardin et s'occupent des fleurs, explique Mme Wuth. Pendant qu'ils jardinent, ils oublient leurs idées noires... Dans un institut comme le nôtre, chasser l'ennui est un combat de tous les instants.

Le groupe croise deux patients concentrés devant un grand tableau d'affichage.

— Notre calendrier d'activités, indique Mme Wuth.

Lili a le temps de lire qu'à la fin du mois, une sortie à la ferme est prévue.

Simon a déjà vu un lieu semblable dans un vieux film que son père lui a fait regarder. Le titre : *Vol au-dessus d'un nid de coucou*. Un classique, selon Félix, mais Simon s'est endormi avant la fin. Alors qu'il cherche le nom de l'acteur principal[3] du film susmentionné, une femme maigre comme la pire des famines se matérialise devant lui. Sa main osseuse lui agrippe le bras.

— Ils s... s... sont là. ILS S... S... SONT LÀ ! bégaie-t-elle.

Avec ses yeux rouges cernés de gris, elle a l'air d'avoir passé la nuit à jouer à des jeux vidéo. Son teint est blême et ses cheveux

---

3. C'est Jack Nicholson, en passant.

aplatis sur sa tête sont si gras qu'on croirait qu'ils sont mouillés.

Simon tente de reprendre le contrôle de son bras, mais la folle insiste. Elle lui souffle au visage son haleine d'une fraîcheur plus que douteuse.

— ILS S... S... S... SONT LÀ ! ILS S... S... SONT LÀ !

Deux employés de l'institut accourent pour maîtriser la pauvre fêlée.

— Ça va, le jeune ? demande l'un d'entre eux.

— Ça va.

— Lucie est avec nous depuis cinq ans, explique leur guide. Elle souffre de psychoses. Elle croit que des policiers invisibles tentent de la faire taire pour qu'elle ne dévoile pas ce qu'elle sait.

— Qu'est-ce qu'elle sait ? demande Lili.

— Bah... qu'est-ce que j'en sais ? répond Mme Wuth.

En traversant la salle commune, Simon se souvient d'avoir entendu quelqu'un lui dire la même chose que cette folle de Lucie. Quelqu'un du nom de Barnumans.

Barnumans aussi avait peur des « ILS ». Ce n'est certainement pas un hasard.

Mme Wuth déverrouille une porte qui mène à des ascenseurs.

— Où va-t-on ? demande Lili.

— Le bureau du directeur est au huitième, répond Mme Wuth en appuyant sur le bouton.

Quelques secondes plus tard, les portes s'ouvrent et les quatre entrent dans la cage. L'espace est restreint. Mme Wuth se retourne vers le groupe en les regardant de haut.

— Vous avez certainement déjà entendu la blague ?

— Laquelle ? demande Lili.

— Vous savez bien, plus on monte les étages, plus les patients sont fous... jusqu'au dernier, où l'on trouve le bureau du directeur.

— Ah, oui... laisse tomber Lili. Je ne croyais pas que c'était une blague...

— Et pourtant, cela fait bien rigoler certaines personnes... Des comiques s'amusent à penser que le directeur est au huitième parce qu'il est le plus fou de cet institut.

— Ah bon.

— Mais j'aime mieux vous avertir : ce genre d'humour ne fait pas du tout rire M. Iganell.

Le reste du trajet se déroule sous le thème du malaise.

Le bureau du directeur se trouve tout près des ascenseurs. La porte est entrouverte, Mme Wuth s'annonce avant d'entrer.

— Monsieur Iganell ?

— Ah ! Les fameux visiteurs ! dit l'homme en se levant.

Le court bonhomme en complet de polyester beige a, en guise d'oreilles, deux cuillères à soupe accrochées sur les côtés de la tête. Son énorme bureau en acajou le fait paraître encore plus petit et, derrière lui, deux colossales filières en métal gris requin montent la garde.

En voyant ce directeur et sa drôle de bouille, Éric-François repense à la blague-qui-n'est-pas-censée-être-drôle. Un ricanement incontrôlable sort de sa bouche. Presque rien, mais assez pour que M. Iganell s'en aperçoive.

— Quelque chose vous amuse, jeune homme ? fait-il.

— Non, monsieur... rien.

— Ces jeunes gens aimeraient rendre visite à M. Calecòn, enchaîne Mme Wuth.

— Calecòn, Felipe... J'étais en train de mettre son dossier à jour, justement.

Iganell saisit une chemise rouge sur le dessus d'une pile, l'ouvre et lit à voix haute le document caché à l'intérieur.

— Calecòn, Felipe. Sexe : masculin. Âge : 25 ans. Taille : 2,36 m. D'origine latino-américaine. Il a été admis hier... et il a déjà un visage fâché, vous voyez ?

Le directeur désigne du doigt un autocollant jaune montrant un visage au sourire à l'envers.

— Pourquoi ? Je lis ici : « M. Calecòn refuse de coopérer. Il grogne, hurle, crie, frappe sur les murs, saute à pieds joints sur le mobilier de sa chambre, déchire ses vêtements. Administrer tranquillisant toutes les douze heures. »

Le directeur soulève un sourcil et regarde les trois jeunes. Son petit sourire du début a disparu.

— Vous n'imaginez pas, j'espère, pouvoir le voir dans l'état où il est !

— Avec nous, il va peut-être se calmer, ose Lili.

Le directeur bascule la tête vers l'arrière et pouffe de rire devant cette réponse touchante de naïveté.

— Se calmer, ou vous sauter à la gorge ! Ah ! Ah !

— Ou bouffer vos chemises ! rajoute Mme Wuth. Vous savez, les fous à lier raffolent des chemises.

— Je suis prête à prendre le risque, insiste Lili en croisant les bras.

— Écoutez : vous avez plus de chances de trouver un lingot d'or dans votre narine gauche que de voir M. Calecòn. Il ne reçoit aucune visite.

— Allez, quoi, dites oui ! intervient alors Éric-François. Il n'a rien fait !

— Rien fait ? Attendez... Selon son dossier, il a pris en otage une caissière d'une main et ravagé un supermarché de l'autre... C'est ce que vous appelez « ne rien faire » ? Vous divaguez, jeune homme ! Je comprends maintenant pourquoi un rien vous fait rire...

— Oui, bon... Il a fait ça. Mais c'est tout ! se reprend Éric-François, un peu honteux de sa lamentable tentative de convaincre le directeur.

Iganell fait danser son stylo entre ses doigts.

— Le Felipe qui se trouve au septième étage n'a plus grand-chose à voir avec celui que vous avez connu. Je suis prêt à parier qu'il ne vous reconnaîtrait même pas.

— Peut-être pas... dit Lili.

L'homme caresse alors le flanc d'un des deux gros classeurs derrière lui et poursuit :

— Vous voyez ces bébés ? Ils contiennent très exactement 497 dossiers. Un pour chaque patient de cet établissement. La plupart des gens qui sont internés ici le sont pour une seule raison : ils ne sont plus eux-mêmes. Certains ont oublié leur nom, d'autres se prennent pour le premier ministre, d'autres parlent une langue qu'eux seuls comprennent. Au début de son internement, un patient reçoit souvent la visite de ses proches. Puis, avec le temps, les visites s'espacent. La famille d'une personne atteinte de troubles mentaux finit par faire son deuil. La sœur, le frère, la cousine ou l'oncle sain d'esprit qu'ils ont connu n'est plus. Mme Wuth, à quand remonte la dernière visite pour Mme Byro ?

— Mon Dieu ! fait la bonne femme en roulant des yeux vers le plafond. C'était bien avant que je commence à travailler ici... Cela doit bien faire cinquante ans, sinon plus.

— Pourtant, chaque dimanche, Mme Byro est convaincue que ses enfants viendront la voir. À midi, elle repasse sa plus belle robe sans y laisser un seul pli. À 13 heures, elle se coiffe et se maquille. À 14 heures, elle prépare un gâteau aux framboises pour ses visiteurs.

Pendant que le dessert cuit, elle descend au jardin couper une fleur qu'elle pique dans ses cheveux. À 16 heures, elle s'assoit dans son fauteuil de la salle commune, juste à côté de l'horloge. Là, elle attend, sans bouger, qu'arrivent ses visiteurs. Puis, à 21 heures, un préposé vient la chercher et lui dit : « Peut-être qu'ils viendront la semaine prochaine. » Et chaque dimanche soir depuis cinquante ans sinon plus, le gâteau de Mme Byro est finalement mangé par les gars de l'entretien ménager.

Lili a une émotion dans l'œil. Cette histoire est bouleversante. M. Iganell conclut, en pesant chacun de ses mots :

— Jamais. Personne. N'est. Venu. La. Voir.

— Vous pensez que Felipe restera fou pour toujours ? demande Simon.

— Je l'ignore, mais je ne vous mentirai pas : il est à peu près impossible qu'il redevienne un jour celui qu'il était autrefois.

— Pouvons-nous au moins lui laisser un message ? demande Lili.

— Si ça vous amuse.

Lili sort son petit carnet noir de son sac. Simon regarde ce qu'elle écrit par-dessus son épaule.

Salut Felipe ! Nous voulions te dire bonjour, mais nous n'avons pas pu. Réponds-nous si tu peux ! À bientôt, j'espère !
Simon et Lili

Lili déchire la feuille de son carnet et la donne au directeur.

— Soyez sans crainte, assure-t-il, je le lui remettrai en main propre. Madame Wuth, pouvez-vous raccompagner nos trois amis vers la sortie?

— C'est comme si c'était fait.

Q

Quelques minutes plus tard, Simon, Lili et Éric-François sont de retour dans le parking de l'Institut psychiatrique de Radicelle. Ils n'ont pas réussi à rencontrer Felipe. C'est ce qu'on appelle «revenir bredouilles». Cette vieille expression vient d'un jeu de dés très à la mode il y a quelques centaines d'années, le trictrac. Ne me demandez pas de vous l'expliquer en détail; je dirai seulement que le but du jeu était de gagner douze trous. Or, lorsqu'un joueur gagnait tous les trous avant que son adversaire ait eu le temps de jeter les dés, on disait de ce dernier qu'il jouait «bredouille». L'expression est restée et se rapporte aujourd'hui à quelqu'un qui a complètement échoué dans ses démarches.

— Poutine! C'est l'histoire la plus triste que j'aie entendue de toute ma vie, dit Lili en traînant ses pieds sur l'asphalte.

— Tu penses qu'ils vont venir la voir, un jour, ses enfants? demande Éric-François.

— Ils doivent être super vieux aujourd'hui, dit Lili.

Éric-François déverrouille les portières de la voiture de son père.

— En plus, je suis sûr qu'il est délicieux, son gâteau, dit-il.

— Tu n'as rien trouvé de bizarre? note Simon en prenant place sur la banquette arrière.

— Quoi? fait Lili.

— Le directeur de l'institut, il était habillé en beige.

Lili fige et regarde Simon. D'ordinaire, c'est elle qui remarque ce genre de détail. Son incroyable sens de la déduction montrerait-il des signes d'usure?

— Et alors? répond Éric-François.

— Alors, rien, répond Simon. C'est sûrement un hasard...

... Sûrement rien qu'un hasard.

[00:00 DÉBUT DE LA COMMUNICATION]

Le directeur Iganell déplie le message de Lili à l'attention de Felipe et le lit. Il sourit, puis chiffonne le bout de papier, vise sa corbeille et tente un lancer. Raté, mais il a tout l'après-midi pour se reprendre. Il se lève pour ramasser la boulette lorsque...

Dirlidirlidirlidirlidirli!

... son téléphone sonne. Il répond.

— J'écoute?

— Que se passe-t-il, Émile? demande la Dame au bout du fil, fâchée. Pourquoi le

« retour miraculeux » de Felipe fait-il la une de tous les journaux ?

— Mais... madame... c'était hors de mon contrôle. Ce sont les policiers qui ont tout déballé aux journalistes.

— En vous nommant directeur de l'institut, je vous avais fait promettre une chose.

— De rester discret sur nos « clients », je sais.

— Est-ce que retrouver la biographie de Felipe dans les journaux constitue, pour vous, une forme de discrétion ?

— Non, madame... Je...

— Je ne vous félicite pas, Émile. Plusieurs de nos patients, dont Felipe, en savent beaucoup trop sur Titor. Et le pire qu'il puisse arriver, c'est que les Diffuseurs s'intéressent à l'institut.

— Je prends toutes les précautions, madame.

C'est alors que la colère de la Dame subit une hausse de dix degrés.

— « TOUTES LES PRÉCAUTIONS » ? J'apprends dans les journaux que Felipe a crié « Titor m'a eu » et vous OSEZ ME PARLER DE PRÉCAUTIONS ?

Émile Iganell s'éponge le front avec le dossier de Felipe.

— Sauf votre respect, ma... madame, les journaux croient plutôt qu'il a dit « Titard Mahut ». Et... et les policiers cherchent en ce moment un homme nommé Titard Mahut.

— JE ME FICHE DE CE QUE DISENT LES JOURNAUX ET JE ME FICHE DE CE QUE CHERCHENT LES POLICIERS!

La Dame se tait, le temps de se calmer. Dans le combiné, Émile l'entend respirer. Le pauvre directeur s'enfonce de honte dans sa chaise rembourrée. Sa lèvre inférieure souffre de tremblements.

— Émile, reprend plus calmement la Dame, les Diffuseurs n'auront pas besoin d'un dessin pour comprendre ce qui se cache derrière ce «Titard Mahut». Ils ont probablement déjà tous leurs radars pointés sur l'institut.

— S'ils ont envoyé Simon et Lili, c'est raté. Ils sont venus voir Felipe plus tôt... Mais j'étais là pour leur bloquer le passage!

— Oubliez Simon et Lili, Émile. On les surveille depuis un an et demi. Ils ne sont plus dans le coup. Je vous parle des Diffuseurs.

— Ah. Bon...

— Émile, je ne peux pas courir plus de risques. Cet idiot de Felipe a déjà trop attiré l'attention sur lui, et sur l'institut. J'enverrai le Transport le chercher. Je me chargerai personnellement de le cacher en lieu sûr.

— C'est compris, madame.

[02:39 FIN DE LA COMMUNICATION]

⑨ Deuxième favorite

Samedi. 11 h 01.
Toute chose n'est pas bonne à dire.
En particulier certaines choses contenues
dans ce chapitre.

    — À plus, Éric-François ! dit Lili.
    — *Ciao !*
    Le chroniqueur laisse Lili et Simon sur
le trottoir, redémarre et part sans vitesse.
Lili s'est invitée chez Simon pour ne pas
avoir à rentrer. Oui, car si elle retourne au
Via Lattea, Vito lui parlera de son message
sur la tranche de pain. Il lui demandera si
elle a hâte de devenir grande sœur. Et c'est
ici que les choses risquent de dérailler. Lili
devra répondre un mensonge, lui sauter dans
les bras ou manifester une fausse joie d'une
quelconque manière.
    C'est mignon, un bébé. Seulement, Lili est
incapable de transpirer de bonheur à l'idée
qu'il y aura bientôt une bestiole mangeuse
de purée sous son toit.
    En fait, elle n'arrive pas à mettre le doigt
sur son sentiment. Est-elle heureuse de la
nouvelle ou pas ? Bien sûr, un bébé, c'est une
diarrhée d'amour (quand ce n'est pas une
diarrhée tout court). En même temps, Lili a
toujours été le sucre à la crème, le trésor, la
merveille, la seule et unique fille de Vito.

Tomber deuxième d'un coup sec ne la réjouit pas outre mesure. Elle se tourne vers Simon.

— On fait quoi maintenant?

Hélas, ils n'ont pas le début d'une interview avec Felipe à offrir au *Cratère*. Ils pourraient écrire un article sur leur visite à l'Institut psychiatrique de Radicelle. Quoique... comme l'endroit cache un Homme en beige, c'est le genre d'article qui pourrait leur attirer des emmerdes. Alors, quoi faire?

Avec le bout de son soulier, Simon balaie le monticule d'une fourmilière sur le rebord du trottoir.

— Tu viens dans ma chambre? propose-t-il.

— O.K.

Les deux entrent dans la maison des Pritt. Ils surprennent Félix dans la cuisine. Celui-ci trône au beau milieu d'un chaos. Une tornade semble avoir frappé le garde-manger et projeté la bouffe tout autour. Félix a de la sauce non identifiée sur le bout du nez et jusque dans les sourcils.

— Simon! Regarde-moi ça! dit-il en brandissant une cuillère de bois au-dessus de sa tête comme s'il s'agissait de l'épée Excalibur. C'est du beurre au sang pour verser sur le maïs éclaté. C'est pour notre soirée. Une recette toute simple: j'ai préparé un sirop auquel j'ai ajouté du colorant alimentaire et...

— Papa! coupe Simon. Lili et moi, on a d'autres chats à fouetter!

Drôle d'expression, en passant. Pourquoi « des chats à fouetter » pour dire qu'on est occupé ? Ça occupe, fouetter des chats ? Je l'ignore, je n'ai jamais essayé... PARCE QUE C'EST CONTRE LA LOI ! La Charte universelle des droits de l'animal, ça vous dit quelque chose ? Elle est pourtant claire sur ce point. Article 3, premier alinéa : « Aucun animal ne doit être soumis à de mauvais traitements ou à des actes cruels. » Bref, ne courez aucun risque : la prochaine fois que quelqu'un vous dira qu'il a d'autres chats à fouetter, dénoncez-le à la police.

Cela dit, Félix lance à son fils un regard vexé.

— Excuse-moi de te déranger, dit-il en s'essuyant le visage.

Simon se déchausse et se dirige vers sa chambre sans répondre. Lili reste debout et regarde Félix d'un air désolé, avant de suivre son ami.

— Fils ! s'écrie alors Félix avant que Simon disparaisse dans l'escalier. Une fille t'a laissé un message sur la boîte vocale.

Q

Lili est assise sur le lit et contemple la collection de photos de Simon. Elle a pris du poids (je parle de la collection, pas de Lili). La dernière fois qu'elle est entrée dans cette chambre, le mur des beautés du monde était déjà bien garni. Mais maintenant... il y a des images de beaux paysages du plancher jusqu'au plafond. Un véritable tour du globe pour les yeux.

Pendant que Lili voyage, Simon relève son message sur la boîte vocale.

— C'est Tania... La spéléologue, dit-il.

— Tania? Qu'est-ce qu'elle veut?

Simon attrape un stylo dans son coffre à crayons et prend des notes au verso d'une vieille feuille.

— Nous voir. Demain, au Musée de la météorite, à 20 heures.

Simon raccroche.

— Ça ne m'étonnerait pas du tout qu'elle veuille nous parler de Felipe... dit Lili, réfléchissant tout haut.

— Peut-être.

— Peut-être qu'elle veut aller le visiter avec nous.

— Oublie ça! Moi, je ne retourne pas dans cette maison de fous!

— Arrête! On n'y retournera pas!

— Mais ne va pas penser que j'ai peur!

— C'est sûr... Tu n'as *tellement* pas peur...

Simon n'aime pas le petit ton moqueur de Lili. Il n'a pas peur de retourner à l'institut, seulement...

— Toi, tu y retournerais? demande Simon.

— Où?

— À l'institut!

— Je ne sais pas...

Lili s'écrase sur le lit en soupirant.

— Poutine! En tout cas, je ne veux pas retourner au Via Lattea. Je ne veux pas voir mon père ni cette Clémence!

— Tu fais un drame solide avec quelque chose qui devrait juste être... heureux. Qu'est-ce que tu as?

— Je ne sais pas.

Q

Il ne peut pas être plus midi qu'en ce moment.

Dreling! Bling! Breding!

En arrivant à cette heure, a pensé Lili, elle trouverait son père trop occupé par la clientèle pour la remarquer. Hélas, sitôt qu'elle entre au Via Lattea, Vito la harponne. Et ce, même s'il sert deux gelati à l'orange à une mère et son garçonnet.

— Alors, tu as eu la bonne nouvelle? demande-t-il avec un sourire de premier ministre fraîchement réélu.

Pendant une seconde, Lili songe à mentir et à feindre l'ignorance, comme si elle avait mangé sa rôtie sans lire le message. Mais elle réalise que ce serait encore pire. Son père lui annoncerait là, devant cette mère et son garçonnet et leurs deux gelati à l'orange, qu'elle sera bientôt grande sœur. Et alors, Lili devrait faire semblant de l'apprendre et d'être heureuse en plus de créer de toutes pièces une réaction de surprise. C'est beaucoup d'émotions à jouer, et Lili est loin d'être une actrice.

— Oui, papa ! J'ai lu... Je suis vraiment contente pour vous !

— Pour « vous » ? Tu veux dire pour « nous » ! Il sera à toi aussi, cé bébé : ton petit frère ou ta petite sœur.

— Oui, mais bon... Je vais partir de la maison bientôt, je ne vais pas le ou la voir grandir.

— Qu'est-cé qué tu mé chantes là ?

— L'an prochain, j'irai au collège... Je n'habiterai plus à Grise-Vallée.

— Et alors ?

— Alors, je ne verrai pas beaucoup le bébé...

— Où veux-tu en venir ? Je m'attendais à cé qué tu sautes dé joie ! Combien dé fois tu m'as demandé d'avoir un frère ou une sœur ?

— J'ai fait ça, moi ?

— Tu né t'en souviens pas ?

Lili ne répond pas, mais Vito devine la réponse. Il n'avait pas vu la chose avec les yeux de sa fille. Il n'avait pas réalisé que Lili pourrait, du jour au lendemain, avoir l'impression de devenir sa deuxième favorite.

— Lili, tu né serais pas en train dé mé faire lé coup dé la jeune fille qui a peur qué son père cesse dé l'aimer à cause dé l'arrivée d'un nouveau bébé ?

La mère au gelato à l'orange attend toujours devant la caisse enregistreuse. On devine qu'elle se sent de plus en plus de trop dans cette conversation assez privée merci.

— Je ne voudrais pàs vous déranger, monsieur, risque-t-elle, mais pourrais-je avoir ma monnaie ?

— Oh, oui, bien sûr, madame, s'empresse de répondre Vito en remettant les pièces à sa cliente.

Lili profite du moment pour s'esquiver en douce.

— Demain soir, je vais sortir, d'accord ? J'ai un rendez-vous, dit-elle.

— Lili, il faudrait qu'on sé parle...

— Plus tard, peut-être ?

— Lili ?

— Quoi ?

— Jé t'aime...

⑩ La naissance d'une météorite

Samedi. Oups, je veux dire... Dimanche 19h46.
Ce chapitre comporte des muscles endoloris.

À mon avis, le vélo a été inventé dans un pays plat. Parce que, en terrain vallonné, c'est le pire des moyens de transport. C'est vrai : monter une pente à vélo est mille fois plus épuisant (et plus lent) que monter une pente... à pied ! C'est tout de même ridicule.

Toujours est-il que la montée Nord est la seule route menant au Musée de la météorite. Depuis quinze douloureuses minutes, Simon et Lili se tuent les mollets à tenter de la gravir.

— Pfff ! Moi... je f... fais le r... reste à pied ! lance Lili, exténuée.

Son visage dégouline de sueur. Ses joues bouillent. Ses lunettes glissent sur l'arête de son nez.

Quelques mètres devant, Simon décide lui aussi de marcher à côté de sa monture. Il reprend son souffle. Voyez comme les choses sont bien faites. Si Simon avait abandonné avant Lili, il aurait paru faiblard. En ce moment, il a plutôt l'air du garçon poli qui attend les demoiselles.

— Je me demande ce que Tania nous veut, dit Simon.

— Sûrement parler de Felipe.

Arrivés au sommet de la montée Nord, les deux enfourchent à nouveau leur vélo.

— Regarde !

Simon désigne le bord de la route. Une étoile scintille à travers les conifères. C'est la colonne de virullite, visible au loin. Le soleil couchant lui donne une teinte dorée.

— On approche !

Comme le terrain est plat, le reste du trajet se fait comme un charme. Plus ils se rapprochent du musée, plus la forme de l'éclat de lumière se précise. C'est celle d'une torsade de verre futuriste, plantée au milieu de nulle part.

Le nouveau Musée de la météorite est à des années-lumière de l'ancien (et de son odeur permanente de chien mouillé).

Simon et Lili entrent dans l'établissement en croisant des scouts qui regagnent leur autobus à la queue leu leu en beuglant une sorte de chant de ralliement. Une fois à l'intérieur, ils restent bouche bée. Le hall d'entrée est vaste. Le tapis noir est picoté de points blancs qui donnent l'impression que l'on marche dans l'espace. Au plafond, on a suspendu des dizaines de roches de tailles variées. Des petites, des moyennes, des grosses. Lili consulte l'affichette sur le présentoir au centre du hall.

LA CEINTURE D'ASTÉROÏDES

Levez les yeux ! Voici une reproduction miniature de la fameuse ceinture d'astéroïdes située entre les planètes Mars et Jupiter. Les astronomes estiment qu'entre 700 000 et 1,7 million de débris dont la superficie dépasse un kilomètre carré flottent dans cette ceinture. De temps en temps, certains de ces fragments rocheux quittent la ceinture et deviennent des météorites...

Muni de son appareil photo, Simon tente de cadrer une énorme pierre suspendue à quelques mètres au-dessus de sa tête.

— C'est Vesta, l'informe alors une voix derrière lui.

Simon se retourne et trouve Tania. Debout au milieu du hall, elle est toujours aussi belle, avec son sourire d'une blancheur à rendre fiers neuf dentistes sur dix. Elle porte maintenant des mèches plus blondes à travers ses cheveux châtains.

— C'est le deuxième plus gros astéroïde de la ceinture. Il y a plusieurs millions d'années, il est entré en collision avec un autre astéroïde. Il est possible qu'un des fragments causés par l'impact soit devenu la météorite qui a formé le cratère de Grise-Vallée...

— J'espère que la chaîne est solide, dit Simon. Si cette roche tombe...

— T'inquiète. Elle pèse une plume. C'est une pierre en styromousse.

Lili s'approche. Les trois se font face. Ils ne s'étaient pas retrouvés ensemble depuis l'épisode de la virullite.

— Vous avez changé! dit Tania. Vous avez vieilli, mais dans le bon sens du terme!

— Ça fait deux ans, remarque Lili.

— Deux ans... Déjà!

— Tu travailles au musée, maintenant? demande Simon.

— Exact. Mais vous devez vous demander pourquoi je vous ai fait venir ici...

— Un peu, quand même, répond Lili.

— Suivez-moi.

La châtaine se retourne et se dirige jusqu'au fond du hall. Simon et Lili la suivent. Ils arrivent à l'ascenseur, dont les portes sont déjà ouvertes. Quelqu'un à l'intérieur les retient.

— Maude! lance Lili en entrant dans la cage.

La petite blonde, fidèle complice de Tania, a le doigt sur le bouton pour bloquer la fermeture des portes. Elle porte un sarrau blanc de scientifique qui lui donne un air important.

— Salut, vous deux! fait-elle. Ça fait des siècles qu'on vous a vus!

Lili replace une couette de ses cheveux noirs derrière son oreille. Elle commence à se douter de ce qui se passe... Tania, Maude, un ascenseur. La suite se devine aisément. Lorsque les portes se referment, Tania efface son sourire et se met à ne pas tourner autour du pot.

— Je ne tournerai pas autour du pot, dit-elle. Maude et moi avons reçu la visite de Luis.

— Qui?

— L'homme aux lunettes de soleil, vous le connaissez, non?

Lili regarde Simon. Bien sûr qu'ils le connaissent, mais doivent-ils faire confiance aux deux spéléologues? Connaître l'homme aux lunettes de soleil, ce n'est pas comme connaître le fleuriste du coin par son prénom. Ils ne diront pas aux premières venues qu'ils ont été contactés par les Diffuseurs. Pourquoi ne pas déballer tout ce qu'ils savent à propos du plus grand secret du monde, un coup parti?

Tania n'est ni surprise ni choquée par leur hésitation.

— Vous faites bien de ne rien dire. Luis avait prévu le coup. Aussi, il m'a demandé de vous montrer ceci. Il m'a dit que vous alliez comprendre.

Elle sort une feuille de sa poche. Lili la prend. C'est une feuille déchirée d'un livre. Elle lit les premiers mots et comprend tout de suite : c'est la page du livre du futur. Oui, cette page que Simon a dérobée dans la chambre de Charles Fortan lors du Congrès des journalistes il y a deux ans. Cette page d'un livre qui raconte ce qu'elle et Simon devraient vivre dans vingt ans. Cette page, enfin, qu'elle croyait à jamais disparue[4].

— Comment a-t-il retrouvé ça?

— Aucune idée...

---

4. Voir *La Tache des cauchemars* (*Le Cratère*, tome 3).

— Vous a-t-il dit autre chose?

— Oui, que vous devez nous accompagner à l'institut psychiatrique. Il faut sauver Felipe. On a un plan.

[00:00 DÉBUT DE LA COMMUNICATION]

Dourlidoudadourlidoudadourlidouda!

Braün plonge sa main au fond de sa poche et pêche son téléphone cellulaire.

— J'écoute.

L'Homme en beige a sous les yeux des cadavres de pieuvres, de raies, de poissons-chats, de flétans. Des seaux débordant de crevettes tigrées, de pétoncles et d'oursins complètent ce tableau. Ça sent ce que vous imaginez. Des clients se bousculent devant les présentoirs de cette poissonnerie asiatique. Le vacarme est assourdissant.

— Un instant, je ne vous entends pas!

Derrière le comptoir, des poissonniers japonais font virevolter leurs couteaux comme s'ils étaient des samouraïs. *Tchak!* Une lame décapite une anguille. *Tchak!* Un saumon vient de perdre sa queue.

— Il y a trop de bruit, ici! Je vais chercher un endroit plus calme, un instant!

Braün se fraye un chemin jusqu'à l'extérieur de la poissonnerie. Il se retrouve bientôt dans l'allée bondée du marché. Il vire à droite pour rejoindre une ruelle humide. L'odeur des poubelles est insoutenable, et c'est probablement la raison pour laquelle l'endroit est désert et silencieux.

— Désolé... J'écoute, dit Braün.

— Alors? demande la Dame.

Le grand maigre sort un mouchoir de son pantalon beige et le pose devant son nez pour masquer la puanteur. Son crâne nu reluit comme une boule de quilles.

— Je vous assure, madame! J'ai cherché PARTOUT! Fortan a disparu...

— Vous avez fait de votre mieux. Maintenant, oublions Fortan.

— L'oublier, mais...

Braün stoppe net. Ses petits yeux noirs fixent le ruban de ciel bleu qui n'est pas caché par les édifices. Voilà des mois qu'il cherche Charles Fortan. Il a retrouvé sa vieille mère, ses rares amis, ses anciens camarades d'école. Aucun de ceux qui l'ont connu n'avait une idée d'où il pouvait être. La plupart le croyaient toujours mort, en fait.

— L'oublier, mais, madame, je croyais que...

— Fortan n'est plus une menace pour Titor, Braün.

— J'espérais vous l'apporter, madame.

— Je sais... Cependant, j'ai une nouvelle mission pour vous.

— Je vous écoute.

— Braün, vous ne l'ignorez pas : vous êtes un de mes plus fidèles collaborateurs. Vous faites passer le secret devant toute chose, même devant votre propre vie. Vous avez de la rigueur et ne laissez jamais rien au hasard.

— Le hasard est notre pire ennemi, madame.

— En effet. C'est la raison pour laquelle vos interventions sont couronnées de succès.

Les compliments n'étant pas la spécialité de la Dame, Braün se demande où se dirige cette conversation. Il trouve par terre un vieux seau de plastique, le retourne et s'en sert comme banc.

— Qu'attendez-vous de moi, madame?

— Je veux que vous rameniez Felipe sur Titor.

— Felipe Calecòn? Le recalé?

— Exactement. Felipe aurait pu devenir un Homme en beige. Sa force nous aurait été utile, mais il a échoué à tous les tests. On a découvert qu'il n'avait aucun jugement, aucun sang-froid, aucun contrôle de ses pulsions. Il n'avait pas l'étoffe pour rejoindre la confrérie. Alors, nous l'avons renvoyé d'où il venait. Mais son retour ne s'est pas passé comme prévu. Il a attiré l'attention sur lui, et je crains que les Diffuseurs ne décident de l'enlever pour tenter de lui extraire de la tête ce qu'il a vu sur Titor. Vous allez donc me le ramener ici avec le Transport.

Le Transport. Braün serait tombé à la renverse s'il n'avait pas déjà été assis. Oui, la Dame lui demande d'utiliser le Transport...

— C'est que... je croyais que seuls les Titoriens étaient autorisés à le piloter.

— Il faut une première fois à tout, Braün. Et j'ai confiance en vous.

— Madame... je...

L'homme toujours en contrôle qu'est Braün est excité comme une jeune mariée.

— Le Transport est toujours à la station du mont Bugarach, poursuit la Dame. Rendez-vous-y sans tarder.

— Mais... madame, je n'ai jamais appris à piloter le Transport.

— Il n'y a rien à apprendre. Le Transport est un véhicule à pilotage automatique. Il fonctionne avec des commandes vocales. Indiquez-lui votre destination et il vous y conduira. Tout ce que je vous demande, c'est d'apporter un briquet avec vous.

— Un briquet?

— Oui, un briquet.

— Madame... je ne sais trop quoi dire... C'est... c'est un honneur...

— Je sais, Braün. Ne me décevez pas.

— Je n'oserais pas, madame.

[04:11 FIN DE LA COMMUNICATION]

⑪⑪ C'est ce qu'on appelle un alibi

Une semaine plus tard.
Le calendrier se dandine le 31 octobre.

— On est tous là? demande Félix Pritt en dénombrant les distingués invités.

— Il manque Laurence, répond Simon.

Tout le monde s'est déguisé. Tel que prévu, Yann Dioz s'est transformé en patate. Il a ressorti des boules à mites l'uniforme qu'il a dû porter l'an dernier pour un emploi d'été au supermarché. Si vous voulez tout savoir, il devait distribuer des dépliants vantant les qualités de la pomme de terre. Cet été-là, en plus de perdre son amour-propre, il a dû réciter un milliard de fois des phrases du style : « Saviez-vous qu'une seule patate contient plus de onze pour cent de l'apport quotidien recommandé en fibres ? »

Kim Laurence s'est déguisée en betterave. Il n'y a pas d'anecdote derrière son costume. Quelques oreillers sous un t-shirt mauve trop grand et des feuilles sur la tête, et voilà le travail.

Elle et Yann forment un charmant petit couple de légumes racines.

Éric-François Rouquin a enfilé une combinaison moulante verte et s'est maquillé le visage de la même couleur : voici un Martien.

Félix porte sa cravate du dimanche sur un étonnant costume de tyrannosaure. Et sous un masque de hockey assorti d'une scie mécanique en plastique se cache la mère de Simon, Annabelle.

Au nombre des invités s'ajoutent enfin un loup-garou, un facteur mordu par un vampire et une ballerine de 110 kg avec du poil aux pattes. Ce sont les trois collègues de bureau que Félix a invités à la soirée.

Et nos héros, en quoi sont-ils déguisés ? Ils ont enfilé des pantalons de jogging noirs, un chandail noir, une cagoule noire qui leur cache tout le visage (sauf les yeux). Deux ninjas.

— Lili, demande Kim. Pourquoi toi et Simon portez-vous le même costume ?

— Je te jure, ment Lili. On ne s'est pas consultés.

— De toute façon, ajoute Éric-François, c'est pas su, mais les authentiques ninjas ne s'habillent pas comme ça. La plupart du temps, ils ont les mêmes fringues que tout le monde.

— On n'est pas de vrais ninjas, dit Lili.

De toute manière, les deux portent ce costume inadéquat pour une raison qui n'a rien à voir avec l'Halloween. Vous comprendrez plus tard.

Le sous-sol de la résidence des Pritt s'est quant à lui déguisé en salle de cinéma. Tous les coussins de la maison ont été réquisitionnés pour servir de sièges. Un drap blanc a été recyclé en écran et un projecteur a été emprunté au bureau de Félix.

— Commençons la séance ; tant pis pour les retardataires ! déclare le père de Simon.

La brochette d'étranges invités se trouve une place sur les coussins. Simon et Lili s'écrasent au fond.

— Pourvu que Laurence arrive bientôt, chuchote Lili à l'oreille de Simon.

— Ouais...

Si cette chipie ne se pointe pas, leur plan tombe à l'eau. Cela aussi, vous le comprendrez plus tard. Or, en parlant du loup...

— Vous n'alliez pas commencer sans moi ! demande Laurence en arrivant (effectivement en retard).

Elle porte une jupe beaucoup trop colorée, des sandales... et un chapeau de fruits. Je ne vous mens pas : son couvre-chef doit contenir trois fois plus de fruits que l'apport quotidien recommandé par le Guide alimentaire canadien.

— Tu apportes la collation ? dit Yann en gloussant dans son costume de pomme de terre.

— T'as envie de finir en purée, ou quoi ? Pour ton information, les costumes fruités sont hyper tendance, cette année.

— Bon, bon ! Pas de chicane au rayon des fruits et légumes, dit Félix.

Un DVD en main, le tyrannosaure cravaté s'apprête à inaugurer officiellement la soirée *Pop-corn et chair de poule*. Vous devez trépigner d'impatience, vous aussi, depuis le temps qu'on en parle...

Il éteint les lumières. Le sous-sol est plongé dans la pénombre. Seul l'écran éclaire, et tout le monde le fixe comme s'il s'agissait d'un feu de camp.

— Le premier film de cette soirée vous glacera le sang... dit Félix en prenant sa voix d'outre-tombe.

— Mets-le donc, qu'on en finisse! lance Annabelle en coupant court à la présentation de son mari.

— On est prêt? demande Félix en insérant le DVD dans le lecteur. C'est un départ!

Q

— Je pense qu'on a tout! dit Maude en terminant l'inventaire de l'équipement.

De la corde, des harnais, un sac à magnésie, une brique, du poivre de Cayenne, quelques outils, des feuilles autocollantes, du ruban adhésif gris à usage multiple et...

— C'est ça, ton arme secrète? demande Tania en montrant une curieuse rondelle noire.

— N'y touche pas! ordonne Maude. C'est un prototype...

Ce qui me fait penser que j'ai oublié de vous parler du nouvel emploi de Maude Givray. Si Tania a décroché un boulot de guide touristique, son amie est quant à elle devenue assistante au Centre de recherche sur la virullite. Il est installé au sous-sol du musée. Là, des chercheurs se creusent les méninges pour trouver des applications concrètes au cristal qui pousse. Jusqu'à présent, tout ce que conçoit ce labo est top secret. Y compris cette rondelle...

— Si mon patron apprend que je l'ai prise, poursuit Maude, il me fichera à la porte à grands coups de pied tu sais où.

— Tu cours un sacré risque. C'est quoi?

— Tu verras...

Maude met l'objet dans son sac de sport et le referme.

— Tu as le plan? demande-t-elle à Tania.

— Dans ma poche.

— Ça ne marchera jamais...

🔍

Annabelle Pritt s'est levée, elle a dit « Je démissionne! » puis elle est partie. Elle n'a même pas attendu la fin du premier film, *Le père Noël est un zombie.*

Apparemment, elle aurait été choquée par la scène où un mort-vivant décore un sapin avec les intestins des lutins du père Noël. Elle était pourtant réalisée avec goût, et je suis sûr qu'aucun lutin n'a été maltraité lors du tournage. Certaines personnes n'apprécient pas l'art.

« C'est qu'un film, quoi! » a répliqué Félix. Trop tard. Son épouse était déjà montée au rez-de-chaussée. Elle n'est pas revenue.

Simon consulte sa montre. Il est minuit moins treize. Dans le deuxième film, *Le Dîner de cannibales*, les personnages arrivent au dessert. Un énorme gâteau de mariage a fait son entrée et une jolie demoiselle en est sortie, pour le plus grand plaisir des convives. Si on se fie au titre de l'œuvre et à son contenu jusqu'ici, il n'est pas difficile d'imaginer la suite.

— Hiiiiiiiiiiiiiiiiiiiiiii ! hurle la fille dans le film.

La pauvre apprend à l'instant ce que tout le monde dans le sous-sol des Pritt soupçonnait déjà. Le dessert, c'est elle. Lili se cramponne au bras de Simon et lui enfonce ses ongles dans la peau.

— Le meilleur s'en vient, dit-il. Dans deux secondes, ils vont la couvrir de crème fouettée, la passer dans un gigantesque robot culinaire et la transformer en *smoothie*.

— C'est DÉ-GOÛ-TANT ! grimace Lili en posant une main devant ses yeux.

— C'est qu'un film, quoi !

                    🔍

— Tu t'énerves pour rien, dit Tania en déposant le sac de sport dans le coffre arrière de sa petite auto.

— Si on se fait prendre, tu y as pensé ?

— Bien sûr. Mais on ne se fera pas prendre.

— Comment peux-tu en être si sûre ? T'as reçu un vaccin contre la malchance ?

Maude s'assoit sur le siège du passager et boucle sa ceinture. Tania s'installe derrière le volant et met la clé dans le contact. Le tableau de bord s'allume. Il est 23 h 49.

— Tu peux encore reculer, dit Tania.

Maude regarde devant elle en gardant le silence. Elle inspire une fois et tourne la tête vers la fenêtre. La nuit est noire. La rue est déserte.

— On risque la prison si on se fait prendre, dit enfin la blonde presque comme si elle se parlait à elle-même.

— C'est vrai, répond Tania.

— On pourrait perdre notre emploi. Toutes les deux.

— En effet.

— On pourrait se blesser, et même se tuer.

— Ouais.

— On pourrait...

— On pourrait rester ici et ne rien faire, Maude...

La petite blonde ne répond pas. Elle fixe toujours la noirceur sans rien trouver d'intéressant à regarder.

— Je me suis rappelé aujourd'hui une autre nuit d'Halloween qu'on a passé ensemble, continue Tania. On devait avoir dix ou onze ans. J'étais déguisée en princesse Leia et toi, en sorcière. On a eu l'idée d'aller faire notre cueillette de bonbons dans la partie croche de la ville. Tu te souviens?

— Bien sûr. C'était le pire quartier. On n'avait *tellement* pas le droit d'y aller.

— D'ailleurs, au début, tu ne voulais pas y aller... mais je t'ai convaincue.

— Tu m'as forcée, plutôt.

— Si tu veux. Mais tu te rappelles ce qu'on a trouvé ce soir-là sur le trottoir? On a trouvé Bobo.

— C'est vrai.

— On l'a appelé Bobo parce qu'il ressemblait à un bobo. Son poil était crasseux. Il grelottait. Il n'avait pas mangé depuis des jours.

— En effet.

— Tu l'as ramassé et tu l'as mis dans ton chapeau de sorcière pour le réchauffer. Ce chiot t'a pris pour sa mère et tu l'as gardé pendant dix ans.

Maude tourne la tête vers Tania. Elle a le regard rempli du souvenir de son Bobo et de sa frimousse à croquer.

— Tu sais, poursuit Tania, je pense que quelqu'un, quelque part, nous a envoyées dans la partie croche de la ville. Peut-être que c'était le dieu des chiens perdus. Enfin... je suis convaincue qu'on nous a envoyées là pour qu'on sauve Bobo. C'était notre destin.

— Ouais.

— C'est la même chose aujourd'hui. Quand j'ai vu Luis, j'ai senti qu'il nous annonçait notre destin. Sauf que, cette fois, Bobo s'appelle Felipe.

— Il est aussi beaucoup moins mignon, plaisante Maude.

— Je ne dis pas le contraire ! ricane Tania. Mais Felipe a toujours été hyper gentil avec moi.

— Pas étonnant. Il était amoureux fou de toi.

— Tu penses ?

— Ça crevait les yeux ! Voyons, c'est pour toi qu'il a volé la virullite au vieux Musée de la météorite...

— On n'a aucune preuve.

— Tania... il était amoureux fou.

— Amoureux fou, peut-être, dit Tania. Aujourd'hui, il est juste fou. Alors, tu viens ou tu ne viens pas ?

Maude pose la main sur l'épaule de sa meilleure amie.

— C'est bon. On va sauver Felipe, dit-elle.

Tania démarre la voiture. C'est un départ.

🔍

Le Dîner de cannibales a fini par finir. De toute façon, il n'y avait plus aucun personnage à manger à la fin. Le programme s'est poursuivi avec *Les vampires font du ski*. Un film épouvantablement épouvantable, à moins d'aimer voir Dracula en habit de neige.

Yann Dioz et Kim Laurence roupillent l'un contre l'autre depuis un bon moment déjà. Tout comme les collègues de bureau de Félix. Décidément, ces films sont des somnifères plus efficaces que les pilules.

Laurence s'emmerde impérialement tout en mastiquant une prune arrachée de son chapeau fruité.

Simon et Lili, sur les coussins du fond, ne font pas de vagues. Ils pourraient disparaître, personne ne s'en rendrait compte.

— C'est le moment, chuchote Simon à l'oreille de Lili.

C'est ce soir qu'ils iront, avec Tania et Maude, sauver Felipe. Pourquoi ne pas avoir choisi une autre occasion que la soirée *Popcorn et chair de poule*? C'est qu'ils ont besoin d'un alibi. Ceux parmi vous qui ne sont pas familiers avec l'art du crime (et j'espère que c'est le cas pour la plupart) ignorent probablement ce qu'est un alibi. Voici la version du dictionnaire:

ALIBI, n. m.: Preuve qu'un suspect donne de sa présence en un lieu autre que celui où a été commis le délit dont on l'accuse.

En d'autres mots, si l'on m'accuse d'avoir dévalisé une banque le 12 juillet dernier, j'ai besoin de prouver qu'il était pour moi *physiquement* impossible de dévaliser cette banque le 12 juillet dernier. Comment? À ce moment, disons, j'étais en vacances au Mexique.

C'est ce qu'on appelle un alibi.

Si on soupçonne Simon et Lili d'avoir pénétré illégalement dans l'Institut psychiatrique de Radicelle, ils n'auront qu'à dire que, ce soir-là, ils participaient à la soirée *Pop-corn et chair de poule*.

Sauf que voilà : dans quelques minutes, ils n'y seront plus. Mais personne ne le saura.

Lili fouille dans la poche de son pantalon de ninja. Elle en sort un long gant gris.

LE gant.

Je parle, bien entendu, du gant qui endort que Charles Fortan lui a confié avant de disparaître dans le bunker antiatomique[5]. L'ex-journaliste globe-trotter/ex-éditeur du *Cratère*/ex-Homme en beige avait souhaité tout haut qu'elle « n'ait jamais à s'en servir ».

Jusqu'à aujourd'hui, le gant a dormi sous ses chaussettes dans le tiroir du haut de sa commode. Elle n'y a pas touché. Or, l'histoire de Felipe est un cas de force majeure.

Lili enfile ce curieux gant à vaisselle aux reflets chromés qui remonte jusqu'à son coude. Elle sait qu'il suffit d'enserrer les tempes d'une personne pour l'endormir. Mais elle ne l'a jamais essayé.

Il faut une première fois à tout.

Sa main gantée s'étire dans l'obscurité tel un boa en quête d'une proie. Sans bruit, la main de Lili survole la tête d'Éric-François, assis devant elle. Elle écarte alors les doigts, prête à l'attaque. Un petit moment de panique la retient cependant. Et si le gant ne fonctionnait pas ? Ou si, au contraire, il fonctionnait

---

5. Voir *L'Horoscope particulièrement précis* (*Le Cratère*, tome 4).

trop bien et qu'Éric-François ne se réveillait jamais?

Il est trop tard pour reculer. Ça passe ou ça casse. Son pouce et son index atterrissent sur les tempes du Martien.

Bye bye.

Éric-François est transformé en toutou mou. Elle le laisse s'écraser sur son coussin.

— On dirait que ça marche, chuchote-t-elle à l'oreille de Simon.

Lili se tourne donc vers sa prochaine victime: Laurence.

Dans ce cas-ci, elle doit relever un tout autre défi. Comment contourner le chapeau de fruits de l'échalote afin de la faire tomber dans les pommes? Les bananes et l'orange de Floride sont des obstacles franchissables, mais l'ananas...

Que faire, alors? Lili doit bien endormir Laurence si elle veut que leur plan, à elle et à Simon, puisse être mis à exécution. *Il faudrait l'attirer quelque part*, pense-t-elle.

Elle pose un doigt sur l'épaule de la tornade aux fruits pour attirer son attention.

— *Pssst!* Faut qu'on parle, dit-elle.

— Quoi? répond Laurence, la bouche pleine de la chair broyée d'une prune.

— Pas ici. Dans la chambre de Simon.

Intriguée, Laurence se lève et se dirige, suivie de Lili, vers les escaliers.

— Où tu vas ? demande Simon.

— Un truc de filles, répond Lili en se dirigeant vers l'escalier.

— Chut ! ajoute Félix.

Lili disparaît au rez-de-chaussée et revient une minute plus tard.

Elle est seule. Oui, dans le sens de « pas avec Laurence ».

Comme ils dorment déjà, les trois collègues de Félix Pritt ainsi que Kim et Yann sont du gâteau à endormir. Un petit coup par derrière sur les tempes et l'affaire est ketchup.

Il ne reste plus que le père de Simon. Celui-ci n'a rien remarqué des récentes manœuvres de Lili tant il est absorbé par son film.

— *Pssst !* fait Simon.

Lili se retourne.

— Quoi ? chuchote-t-elle.

— Laisse-le-moi.

Lili hésite un instant.

— Tu sais comment ?

— Donne...

Elle retire son long gant gris et le tend à Simon. Celui-ci l'enfile et se faufile jusqu'aux côtés de son père.

— Salut, p'pa !

— Salut, fils ! Alors, le film ?

— J'adore.

— Il est mauvais, tu ne trouves pas ?

— Extrêmement. Mais faudrait que je te dise un truc.

— Qu'est-ce qu'il y a ?

Simon s'approche de Félix. Sauf qu'au lieu de lui souffler un mot à l'oreille, il pose ses doigts sur ses tempes.

Bye bye.

Tout le monde, désormais, est endormi.

Simon consulte sa montre. Tania et Maude doivent venir les chercher. Lili et Simon montent au rez-de-chaussée pour les attendre. Rendus là, ils entendent toutefois...

— Hé! Où vous allez?

Laurence s'est réveillée.

Simon regarde Lili avec un air qui demande : « Qu'est-ce qu'on fait? »

🔍

— Ils devraient être là maintenant, dit Tania.

Elle et Maude patientent dans l'auto depuis dix grosses minutes.

— Tu devrais aller voir, suggère Maude.

— Attends-moi ici.

— Ne te fais pas remarquer!

Tania sort de l'auto. Elle traverse la rue et se dirige vers la maison des Pritt. Il y a de la lumière au rez-de-chaussée. Elle se colle le nez dans une fenêtre et aperçoit, dans le petit salon, Lili debout et Simon à ses côtés. Elle frappe trois coups pour attirer leur attention.

Toc toc toc!

— Vous avez entendu? lance Laurence en se retournant vers la fenêtre du petit salon.

Elle n'a que le temps de voir le reflet d'un visage et des yeux luisants dans l'obscurité.

— Hiiiiiiii! lâche-t-elle.

Simon n'hésite pas une seconde et se jette sur Laurence. Il lui immobilise les bras. Lili lui enserre le front avec sa main gantée.

Bye bye.

— Tania et Maude sont là, dit Simon. Mais qu'est-ce qu'on fait si Laurence se réveille encore?

— Je ne sais pas.

Cette mission n'est pas officiellement lancée que, déjà, un imprévu de taille (et fruité) leur tombe dessus. Et si c'était un mauvais présage, un prélude à la pluie d'ennuis qui les attend?

①② Le meilleur s'en vient

00 h 54.
J'ai le regret de vous annoncer que la nuit ne fait que commencer.

Puisque le gant du sommeil semble inefficace sur de la cervelle d'échalote, on a décidé d'emmener Laurence. C'était le mieux qu'ils pouvaient faire. Si elle était restée chez Simon, elle aurait pu se réveiller, réaliser que Simon et Lili étaient disparus... et tout faire foirer.

Bye bye l'alibi.

Maude lui a donc ligoté les chevilles et les poignets avec du ruban gris. Simon lui a recouvert la tête d'une taie d'oreiller. Durant tout le trajet, Lili s'est tenue près du corps de Laurence, prête à lui serrer les tempes si elle reprenait ses esprits.

Personne, de Grise-Vallée à Radicelle, n'a prononcé un mot.

Tania immobilise sa voiture devant la forêt d'épinettes noires.

— On fait le reste à pied, dit-elle.

— L'hôpital psychiatrique est tout droit, ajoute Maude en pointant le doigt vers l'obscur chemin. Il faudra y aller sans lampe de poche pour ne pas être repérés.

Sur la banquette arrière, Simon et Lili se regardent. Ni l'un ni l'autre n'avaient jusqu'ici tout à fait mesuré le danger de cette mission. Ils savent que ce petit bois sombre n'est qu'un aperçu de ce qui les attend...

— Comment on va entrer dans l'institut? demande Simon.

— Tu verras, dit Tania.

— T'as un plan? s'inquiète Lili.

— Bien sûr.

Il n'y a rien pour rassurer nos deux journalistes dans les réponses évasives de la châtaine. Lili risque une dernière question...

— Mais... vous savez que le directeur est un...

— Chut! dit Tania. Oui, on est au courant.

Les deux jeunes femmes n'ignorent donc pas la présence d'un (ou de plusieurs) Homme en beige dans cette maison de fous. Que savent-elles d'autre? Sont-elles, elles aussi, sur la piste du plus grand secret du monde?

Maude ouvre la portière de l'auto et sort. Les trois autres la suivent. Cette nuit d'Halloween est froide. Enfin, disons plutôt fraîche, ou mieux encore: frisquette. Oui, la nuit est frisquette.

Simon jette un dernier coup d'œil à Laurence, qui dort toujours sur la banquette.

— Espérons qu'elle ne se réveillera pas, dit-il.

— Avec l'épaisseur de ruban gris que j'ai utilisé pour l'attacher, elle ne pourra pas s'enfuir très loin, soutient Maude.

— Poutine! On gèle! lance Lili en fixant ses mains qui tremblotent.

— Tu as peur, répond Tania en guise de diagnostic. Si ça peut te rassurer, le meilleur s'en vient...

Sur ces mots, la châtaine attrape son sac et s'engage sur le chemin qui plonge dans la forêt noire. Simon et Maude lui emboîtent le pas. Lili reste près de l'auto un instant, le temps que ses compatriotes disparaissent dans les ténèbres.

— ÇA NE ME RASSURE PAS DU TOUT ! lance-t-elle en les rejoignant au pas de course.

Elle vient de réaliser que la mission *Il faut sauver Felipe* aura peu de points en commun avec une promenade au parc par un bel après-midi de printemps.

L'Institut psychiatrique de Radicelle n'est tout de même pas une garderie. Il y a là-dedans 497 fous, des gardes, des systèmes d'alarme, des barreaux aux fenêtres. Et Felipe n'est pas un docile petit chaton, mais un mastodonte de 130 kilos qui a viré de capot.

À moins que Tania maîtrise les rudiments de la magie, Lili se demande par quel miracle ils parviendront à tirer Felipe de là.

Le chemin n'est pas plus éclairé que le placard à balais du diable. Puisque nos amis sont dépourvus de la vision nocturne, ils se guident au son de leurs pas. Le frottement des bottes sur la terre battue leur indique qu'ils longent toujours la route. De temps en temps, une brindille craque sous leurs pieds.

Au loin, la lueur d'un lampadaire solitaire leur annonce, tel un phare, qu'ils approchent de l'institut. Tania rassemble l'équipe.

— Évitons la lumière, dit-elle. On va contourner l'immeuble par la forêt.

Lili cherche la main de Simon et la serre fort. Tania bifurque alors et s'enfonce dans le bois. À pas de loup, le groupe déambule parmi les arbres et les fougères. Tania et Maude ouvrent la voie. Elles qui sont habituées aux grottes humides et aux tunnels incertains naviguent dans ce cauchemar comme des poissons dans l'eau.

Tous arrivent en un seul morceau derrière l'institut. Des projecteurs au sol éclairent l'immeuble, qui se découpe dans le ciel noir. Entre nos amis et le jardin se dresse cependant un mignon muret surmonté d'une jolie barrière en fer couronnée de délicats barbelés. Le genre d'obstacles conçus pour empêcher les fouineurs comme eux d'approcher de l'asile.

— Maintenant, qu'est-ce qu'on fait ? demande Simon.

Sans répondre, Maude fouille dans son sac et en sort sa curieuse rondelle noire. Son prototype. Elle le positionne entre deux barreaux de la clôture, de façon à ce qu'il tienne bien en place.

— Ça vient du labo, chuchote la blonde. Il y a des particules de virullite là-dedans.

Elle désigne alors du doigt deux boutons sur la surface du dispositif. L'un est vert, l'autre rouge.

— Le vert, explique Maude, laisse entrer l'oxygène à l'intérieur de la rondelle, ce qui active la virullite. Le rouge, lui, génère une flamme qui ramène le cristal à l'état de poussière.

Elle appuie sur le bouton vert. C'est alors qu'un léger sifflement se fait entendre, comme celui d'une bouilloire juste avant que l'eau bouille. *Fisssssssssssssss!* Quelques secondes plus tard, le pourtour de la rondelle se met à gonfler.

— L'appareil est fait d'une sorte de caoutchouc hyper résistant qui peut s'étirer jusqu'à atteindre trente fois sa dimension originale.

Après une minute, le trucmuche gorgé de virullite a pris du volume. Il a même commencé à exercer une pression sur les barreaux de la clôture.

Stupéfaits, Simon et Lili ont la mâchoire qui traîne au sol.

— Solide! s'exclame Simon. T'imagines tout ce qu'on pourrait faire avec ce truc!

— Justement, continue Maude. Mon patron au labo a peur de cette invention. Si elle tombait entre de mauvaises mains, on pourrait en faire une arme terrible.

— Ah oui? demande Simon.

— Un groupe terroriste pourrait placer une rondelle sur la rame d'un métro. Rapidement, elle deviendrait assez grosse pour faire dérailler le train. Pense aussi à la catastrophe possible si quelqu'un en égarait une dans le réseau d'égouts souterrains. On aurait très vite un beau refoulement d'une eau brune qui envahirait les rues.

— Comment il s'appelle, ton bidule ? demande Lili.

— Il n'a pas encore de nom.

— Pourquoi pas le « virulliteur » ? suggère Simon.

— Ou la « rondelle magique » ! renchérit Lili.

— Je préfère le virulliteur, dit Simon.

— On pourrait aussi l'appeler « dépêche », parce qu'à la vitesse où il tord la clôture, on sera encore ici demain, laisse tomber Tania.

— Il double de taille toutes les cinq minutes, précise Maude. Dans dix minutes, il devrait avoir formé un trou assez large pour qu'on puisse y passer.

Maude regarde Tania qui, elle, fixe le virulliteur (ou la rondelle magique) avec des yeux impatients.

— C'est long, dix minutes. Avoir su, j'aurais apporté ma scie à métaux.

— T'as vu la grosseur des barreaux ? T'en aurais eu pour une heure avec ta super scie. Et avec le bruit, t'aurais réveillé tout le monde jusqu'à Grise-Vallée.

La virullite poursuit sa croissance. Après cinq minutes, les deux tiges de fer entre lesquelles Maude a placé son arme secrète ont commencé à fléchir. Une courbe qui ressemble à un gros ventre de profil.

Terrés près du muret de pierre, Simon et Lili ont froid aux mains tandis que Tania surveille l'institut sans relâche. Si quelqu'un les surprend, ils devront décamper au plus sacripant.

Maude avait raison : après dix minutes, le virulliteur a maintenant la dimension d'une pizza extra large. Et, bien sûr, les barreaux sont complètement tordus.

— C'est prêt, dit la blonde.

Elle appuie sur le bouton rouge de l'appareil. En moins d'une seconde, le cristal à l'intérieur se résorbe. Le caoutchouc reprend sa forme et la rondelle de hockey retrouve son état original. Les barreaux, quant à eux, restent dans leur position déformée. On souhaite bonne chance à celui qui tentera de redresser ces tiges de fer !

Tania est la première à se glisser dans l'espace.

— À partir d'ici, on chuchote, dit-elle. Collez-moi aux fesses.

Tout en demeurant accroupie, Tania avance dans le jardin et s'empresse de se réfugier derrière un bosquet. Les autres font de même. Une fois tout le monde caché, Tania repère une autre touffe d'arbustes un peu plus près de l'immeuble. Elle court jusqu'à celle-ci pour se mettre à couvert. Le reste du groupe l'imite.

Et c'est ainsi que, de bosquet en bosquet, la bande atteint l'institut. Rendus là, ils trouvent une planque derrière une benne à ordures. Il s'agit d'un carré de gazon mort près duquel ruisselle du nectar de poubelle au parfum de vieux restants de cafétéria.

— Maintenant, on fait quoi ? demande Lili.

— On grimpe, dit Tania en sortant de son sac des cordes et des harnais.

— QUOI ? lance-t-elle. Je veux dire... Quoi ?

Car dans sa liste des activités chouettes à faire le soir de l'Halloween, Lili n'a jamais inclus « escalader un immeuble à mains nues ».

Q

Pffr ! Pffr ! Pffr ! Pffr !

Des bruits de pas réveillent Laurence. Des pas lourds qui écrasent la terre. Ceux d'un ours, peut-être. L'échalote ouvre un œil, puis l'autre. Tout autour d'elle est noir. Où se trouve-t-elle ? Elle tente de bouger. Ses mains sont ligotées. Ses pieds aussi. Elle veut crier, mais ses lèvres restent scellées. On lui a mis un bâillon sur la bouche.

Et elle crève de chaleur.

Les pas approchent de plus en plus. Ils sont tout près.

Toc toc toc !

Laurence entend le son d'une main qui frappe dans une fenêtre. Est-elle toujours chez Simon ? Visiblement, non. A-t-elle été kidnappée ? Où sont les autres ?

Toc toc toc !

C'est un cauchemar. Quoi d'autre ?

Toc toc toc !

Elle sent l'effroi lui glacer le sang dans les veines. Cela part de son cœur et remonte par

les artères dans son cou jusqu'au cerveau.
C'est trop pour elle.

Elle perd connaissance.

Dehors, quelqu'un soulève la poignée de
la portière du conducteur.

Clic!

Elle n'est pas verrouillée.

[00:00 DÉBUT DE LA COMMUNICATION]

Dourlidoudadourlidoudadourlidouda!

Braün saisit son portable dans la poche
de sa veste.

— J'écoute, dit-il d'une voix haletante.

— Vous y êtes? dit la Dame.

— Presque. Je longe un sentier au pied du
pic de Bugarach.

— Personne ne vous a suivi?

— Je ne crois pas.

Le pic de Bugarach (1 230 mètres) est situé
à 5 734 kilomètres à l'est de Grise-Vallée. C'est
de l'autre côté de l'océan Atlantique. En
France, pour être exact, dans la magnifique
région du Languedoc-Roussillon.

La forme de ce pic étonne au premier coup
d'œil : on dirait une montagne dont on aurait
coupé le sommet. Mais surtout, il plane sur cet
endroit toutes sortes de mystères. Il s'agit en
quelque sorte du cousin français du triangle
des Bermudes. Ceux qui habitent dans le
coin vous en parleront : certaines nuits, on a
observé d'étranges lumières au-dessus de ce

bloc de pierre. Des satellites auraient détecté à l'intérieur de vastes cavités. Des pilotes d'avion racontent que leurs instruments de vol se sont déréglés sans raison lorsqu'ils ont survolé la montagne. Le célèbre réalisateur Steven Spielberg a même été inspiré par le pic de Bugarach pour son film d'extraterrestres *Rencontres du troisième type* (1977). En passant, je vous le recommande.

Or, vous l'aurez lu ici et nulle part ailleurs, la plupart des légendes qui circulent autour de ce pic ont un fond de vérité.

— Avez-vous localisé la Fissure? poursuit la Dame.

— Si mon GPS ne se trompe pas, elle serait à quelques mètres à ma droite.

En disant cela, Braün quitte le sentier. Son portable à la main, il avance dans la direction que lui indique le «X» clignotant sur l'écran de son GPS. Le trajet pique en ligne droite à travers la nature sauvage.

— Je brûle, dit-il.

Il contourne quelques buissons et évite de justesse une flaque d'eau boueuse. Puis, sa marche est interrompue par la paroi rocheuse du pic. Impossible d'aller plus loin.

— Je ne comprends pas, dit-il au téléphone. Je touche la montagne. Mais il n'y a rien ici... Le «X» indique que la Fissure est encore à douze mètres devant moi.

— Vous y êtes. Regardez plus bas.

L'Homme en beige plie les genoux. Au sol, le roc semble se creuser vers l'intérieur, un peu comme une bouche ouverte. Les herbes hautes, cependant, en bloquent la vue.

— Je ne vois rien !

— Étendez-vous.

Braün s'exécute et se met à plat ventre devant cette fissure. La tête dans le chiendent, il fait face à la cavité. C'est sombre. La végétation semble vouloir tout faire pour boucher le trou. C'est bien connu, la nature a horreur du vide.

— Vous voyez la Fissure, Braün ?

— Il y a une sorte de crevasse, mais... je dois passer par là ?

— C'est le moment d'utiliser votre briquet.

Braün saisit son briquet dans la poche de son pantalon. La flamme jaune qui jaillit du briquet éclaire l'intérieur de la fissure. À moins d'un mètre de profondeur, il découvre une plaque translucide faite d'un curieux cristal bleuté.

— Qu'est-ce que c'est ?

— Un bouchon de virullite. Brûlez-le.

En se tortillant comme une couleuvre, Braün parvient à se faufiler dans la fissure. Pour une fois, sa maigreur est un atout. Une fois son buste suffisamment enfoncé, il approche le feu du cristal. Instantanément se fait entendre le bruit d'une branche de sapin qui brûle.

PrrrrikitiprrrrikiPrrriKiPRIKITIPRIKITI-KIKITITI!

Au contact du feu, la pierre s'illumine d'un éclat bleu comme la flamme d'un poêle au gaz. Aveuglé par tant de lumière, Braün ferme les yeux. Tout s'éteint la seconde suivante.

Il rouvre les yeux.

Une pluie de poussière de cristal achève de tomber et, derrière, une ouverture pratiquée dans le roc débouche sur un vaste espace. Le ventre de la montagne. On dirait une sorte d'entrepôt aux murs d'acier. Des luminaires au plafond répandent une lumière crémeuse. L'écho, comme lorsqu'on pose l'oreille sur un coquillage, est le seul son audible.

Non, le pic de Bugarach n'est pas un mont comme les autres.

— Je n'aurais jamais imaginé cela! dit Braün, toujours en contact téléphonique avec la Dame.

Il reste immobile devant le grandiose de ce repaire. Ses pieds sont encore dans les herbes hautes, mais sa tête est plongée dans l'un des endroits les plus secrets du globe. Plus secret que la cachette d'Oussama ben Laden.

— Qu'est-ce que je fais, maintenant?

— Descendez par l'échelle qui se trouve à l'entrée de la Fissure, lui dit la Dame au téléphone. Le Transport est en bas. Hâtez-vous avant que la virullite se reforme.

Et la Dame raccroche.

①④ Promenade verticale

1 h 09.

Vous aurez remarqué que le chapitre 13 est manquant.

C'est que ça porte malheur. Et du malheur, il y en aura suffisamment au cours des prochaines pages.

— La corde, demande Tania en laçant ses chaussons d'escalade.

Maude sort de son sac un rouleau de corde et le tend à la châtaine. Celle-ci le prend et en attache un bout à son harnais.

— Enfilez vos harnais vous aussi, continue Tania en s'adressant aux deux journalistes.

Simon regarde l'immeuble. Ce dernier fait huit étages, et il n'est pas alpiniste. Il a déjà pu mesurer ses talents de grimpeur l'an dernier, au Festival du globe terrestre de Grise-Vallée. À la foire sur la rue Principale, on avait installé un mur d'escalade. Simon avait payé cinq dollars pour le gravir. Or, malgré le fait qu'il s'agissait d'une paroi pour débutants, il a dû trimer solide pour en atteindre le sommet.

Comment Tania pense-t-elle que lui et Lili pourront grimper cette paroi... à mains nues !

Simon se retourne vers Lili. Celle-ci est blanche comme un drap.

— Poutine ! On va se tuer, dit-elle.

Vous ai-je spécifié que Lili souffre du vertige? Si cela m'a échappé, je crois que c'est le bon moment de vous l'annoncer: Lili craint les hauteurs comme la dinde craint le jour de l'An.

— Moi, je débarque, poursuit-elle.

Elle est debout, les bras croisés, tournant le dos aux autres pour faire face au jardin. Elle pourrait prendre ses jambes à son cou à l'instant même. Elle pourrait courir jusqu'à l'auto de Tania et attendre avec Laurence que ce cauchemar finisse.

— Si Lili débarque, je débarque moi aussi, dit Simon.

— Vous en faites pas, dit Maude. Je suis là pour vous retenir avec la corde.

— Et une fois en haut, qu'est-ce qu'on fera? demande Lili. QU'EST-CE QU'ON FERA?

Tania laisse tomber sa corde sur le gazon mort et plante ses poings sur ses hanches. Un air sévère s'affiche sur son visage.

— Ce n'était pas mon idée de vous inviter ici, dit-elle. Mais Luis a insisté pour que vous nous accompagniez. Je n'ai pas trop compris pourquoi, mais il a dit que vous « deviez » être ici. Il m'a fourni un plan, et dans ce plan, il est prévu que vous grimpiez avec moi jusqu'à l'étage des fous furieux.

— Et si on n'y va pas, qu'est-ce qui se passera? demande Lili.

Tania regarde le sol un instant.

— Je sais que c'est dangereux, reprend-elle en tentant de se faire plus rassurante.

Maude le sait aussi. On n'a aucune idée de ce qu'on découvrira là-haut, c'est vrai. Mais vous devez avoir confiance. On va y aller une étape à la fois. Ne pensez pas à ce qui arrivera tantôt ou dans une heure ou demain. Pour l'instant, il faut grimper le mur...

— Chuuut! fait soudain Maude en interrompant son amie. J'entends des pas...

Les quatre se réfugient derrière la benne nauséabonde et retiennent leur souffle. Ils aperçoivent des ombres grossir dans le jardin. Bientôt, deux hommes apparaissent, marchant les mains croisées dans le dos. L'un d'eux joue avec son énorme trousseau de clés. Ce sont les gardiens effectuant leur ronde.

Ils passent près de la benne à ordures sans remarquer les quatre masses immobiles. Dans la noirceur, n'importe qui les aurait pris pour des sacs à déchets, de toute façon. Tania, Maude, Simon et Lili ne bougent pas d'un cil.

— Tu es sûr qu'ils viendront cette nuit? dit l'un des gardiens,

— Qu'est-ce que j'en sais? C'est ce qu'a prévu la Dame... répond l'autre.

Les deux hommes passent leur chemin. Nos quatre sacs-poubelle se remettent rapidement à respirer.

— Génial... fait Simon d'un air découragé. Vous avez entendu? Ils nous attendent.

— On ne va pas les décevoir, dit Tania.

La châtaine allume sa lampe frontale équipée d'une diode électroluminescente

(DEL pour les intimes). Avec l'agilité d'une chatte, elle grimpe sur la benne à ordures. Debout, elle tâte le mur de l'institut psychiatrique. Sa main trouve une gouttière. C'est une prise. La seule, car le reste du mur est lisse comme une fesse de nouveau-né. Tania plonge le bout des doigts dans le sac à magnésie qu'elle porte à la taille. La poudre blanche assèche la peau, ce qui lui assure une meilleure adhérence.

De l'adhérence, c'est un peu important quand on a l'intention d'escalader un mur de ciment sans attaches ni rien.

— Fais quand même attention ! lui dit Maude.

— Tu me connais mieux que ça...

Tania empoigne la gouttière de sa main gauche. Elle pose le bout de son pied gauche sur une fixation métallique et propulse son corps vers le haut. La voilà partie pour la gloire. À la fin de son mouvement, elle étire le bras droit et saisit la gouttière un peu plus haut. Son pied droit s'appuie ensuite sur le côté de la gouttière. Après avoir trouvé un appui, Tania pousse encore avec ses jambes pour monter plus haut.

Après quelques manœuvres d'escalade, la grimpeuse a déjà réduit de quelques mètres la distance entre elle et le sommet. À la voir aller, on se dit que Spider-Man peut se rhabiller.

— Cette fille est née avec des gènes de ouistiti, constate Maude.

— Je ne serai jamais capable de faire ça, moi, dit Lili.

— Moi non plus, dit Simon.

— Tania nous lancera une corde quand elle arrivera en haut, explique la petite blonde en surveillant les environs. Vous n'aurez qu'à vous hisser.

Simon s'approche de Lili jusqu'à ce que leurs épaules se touchent.

— Qu'est-ce que tu en penses ? lui demande-t-il. On grimpe ?

— J'ai vraiment peur.

— Solide.

Après un moment d'attente qui ressemble comme deux gouttes d'eau à l'éternité, un bout de corde finit par tomber du ciel. Il atterrit juste devant Simon et Lili.

— Tania est arrivée ! dit Maude.

Elle attrape une extrémité de la corde.

— Qui est le premier ? demande Maude.

Simon prend son courage à deux mains et avance d'un pas. La blonde passe la corde dans les ganses de son harnais.

— Assure-toi d'être à l'horizontale, un peu comme si tu marchais sur le mur.

Simon croit comprendre le principe. Il grimpe sur la benne à ordures. Maude tire sur son bout de corde. Se sentant attiré vers le haut, il s'agrippe à la corde pour se maintenir parallèle au sol et appuie les pieds sur la paroi.

Il est en position.

— Vas-y, marche ! lui dit Maude.

Simon pose un pied devant lui, puis l'autre. Curieuse sensation que celle de se promener sur un mur en se moquant de la gravité. Il marche avec de plus en plus d'aisance, tout en se gardant bien de regarder en bas. De toute façon, avec la nuit qu'il fait, il n'y voit rien. Au bout d'une promenade d'environ quatre minutes, il distingue devant lui la lueur de la lampe frontale de Tania.

La châtaine est au balcon du septième étage et l'accueille en lui tendant la main.

— Tu y es presque, Simon! dit-elle pour l'encourager.

Au sol, Maude et Lili guettent les alentours. Aucun gardien en vue. C'est tout de même une bonne nouvelle. La corde avec laquelle est monté Simon revient tout près de la benne à ordures. Maude en attrape l'extrémité.

— À ton tour, dit-elle à Lili. Il suffit de marcher...

— ... sur le mur. J'ai compris, répond Lili.

Une fois la corde fixée à son harnais, Lili se hisse sur la tête de la benne à ordures. Une fois rendue, elle lève le menton pour contempler la hauteur de l'immeuble. À partir de combien d'étages peut-on parler d'un gratte-ciel? Assez curieusement, on n'a jamais spécifié un nombre précis.

Cette nuit, Lili pense que huit étages, c'est suffisant.

— Respire, lui dit Maude.

Elle inspire profondément. Maude tire sur la corde. Lili inspire encore et pose ses pieds sur la paroi de ciment. Elle pose un pied devant l'autre. Elle inspire. Un autre pas. Une autre inspiration...

— Fais confiance... lui dit doucement Maude.

Lili n'a pas le choix d'avoir confiance, Maude tient sa vie entre ses mains.

Après une ou deux minutes de marche, Lili risque un regard vers le sol. Grave erreur. Son cœur veut lui sortir par la bouche. Elle n'est pas à plus de quatre étages de hauteur. Or, elle a l'impression de se balancer du haut de la tour Eiffel au bout d'une corde pas plus solide que de la soie dentaire.

Elle tourne la tête et ferme les yeux.

① ⑤ Un plan plein de conditions

1 h 17.
Un plan capable de prévoir tous les imprévus, moi, je n'en ai jamais vu...

Je ne vous fais pas languir plus longtemps : Lili a atteint le septième étage saine et sauve. À présent, elle, Simon et Tania se tiennent accroupis sur une étroite terrasse qui ceinture l'institut.

— Vous voyez ? dit Tania. Il n'y avait pas lieu de s'affoler. Même un enfant peut escalader un mur avec une corde tenue par un assureur[6]. Jusqu'ici, tout va comme prévu. On s'est rendus à l'étage de Felipe, et on est tous vivants.

— Qu'est-ce qu'on fait maintenant ?

— On passe à l'étape suivante : le plan.

Tania déplie sur le sol une feuille sortie de sa poche.

Sa lampe frontale éclaire ce qui ressemble à un schéma. Ni Simon ni Lili n'arrivent à déchiffrer ces gribouillis. La châtaine pose l'index sur un carré dessiné au stylo.

— Lili, tu vas entrer par là. C'est la fenêtre des toilettes. Tantôt, je suis allée dévisser le grillage et j'ai ouvert la fenêtre. Tu n'as qu'à

---

6. L'assureur, c'est Maude. Celle qui tient la corde.

entrer et à refermer la fenêtre. Tu vas ensuite la casser avec cette brique.

Tania sort une brique rouge de son sac et la tend à Lili.

— La casser ? Pour quoi faire ?

— Le bruit devrait être assez fort pour alerter le gardien de nuit. Il croira qu'un patient a brisé une vitre de l'intérieur et ira dans les toilettes vérifier ce qui se passe. Sauf que toi, tu te seras déjà sauvée. Tu n'as qu'à revenir ici et à redescendre près de la benne à ordures. Maude t'aidera. Te sens-tu capable d'accomplir cette tâche ?

— Non, mais je vais essayer.

Et Lili part vers les toilettes avec la brique dans la main.

— Et nous, on fait quoi ? demande Simon.

Tania montre un rectangle rouge sur le plan.

— Si le gardien quitte son poste pour aller aux toilettes, j'entrerai par la fenêtre de son bureau. Là, j'actionnerai le mécanisme de déverrouillage des portes. Tous les patients seront libres.

— Tu veux dire, les fous furieux ?

— Oui, enfin... tout le monde incluant Felipe !

— Tu vas libérer tous ces fous ? Mais c'est du suicide !

— Pas du suicide : le chaos. Si les fous sont en liberté, les gardiens en auront suffisamment plein les bras pour ne pas s'occuper de nous.

— Mais les fous, eux, ils vont s'occuper de nous !

— C'est un risque. Mais si Felipe me voit, il me protégera.

— S'il te voit...

— S'il me voit.

Simon commence à trouver qu'il y a beaucoup de « si » dans le plan de Tania. Beaucoup de conditions, en fin de compte, pour qu'il fonctionne.

— Et s'il ne te voit pas ?

— Alors, on redescend et on déguerpit. Mais s'il me voit, tu vas te tenir près de la porte. Je vais l'attirer et, aussitôt qu'il passera la porte, tu l'endormiras avec le gant.

— Mais si je n'arrive pas à l'endormir ?

— Pourquoi tu n'y arriverais pas ?

— Je ne sais pas... peut-être parce que Felipe est mille fois plus fort que moi ?

Il doit surtout ne pas songer au fait qu'avec sa force d'ours Felipe serait parfaitement capable de l'attraper par le bras et de le projeter dans le vide.

— Tu y arriveras.

— Mais si...

— Écoute, Simon. De toute façon, dans quelques secondes, Lili aura fracassé la fenêtre des toilettes. Le gardien sera alerté et tu ne pourras plus reculer. Alors, cesse de penser à tout ce qui pourrait ou ne pourrait pas arriver et pense à ce que toi, tu feras. Tu te posteras devant cette porte pour endormir Felipe lorsqu'il sortira.

Simon n'aime pas se faire parler par Tania comme si elle était sa maîtresse d'école. En même temps, quelle nuit! Dans quel pétrin ils se sont mis, lui et Lili! Tania fait une pause et reprend.

— As-tu déjà joué au badminton? lui demande-t-elle.

— Oui, mais...

— Tu connais le meilleur truc pour gagner?

Simon s'en souvient très bien. Parce que la dernière partie de badminton qu'il a jouée est celle qui l'opposait à Lili, alors que les deux agissaient comme des poissons d'aquarium (voir page 29).

— C'est de toujours garder les yeux sur le volant, et rien que sur le volant.

— Exact. Toi, aujourd'hui, tu vas garder les yeux sur cette porte. Et rien que sur cette porte.

Là-dessus, Tania s'accroupit et part dans la même direction que Lili. Cette fois, vers la fenêtre donnant sur le poste de garde.

🔍

Lili longe l'immeuble sur toute sa largeur en marchant accroupie pour éviter d'être repérée. Elle a dû avancer ainsi sur un kilomètre au moins. J'exagère, mais à force d'avancer comme un canard, Lili a récolté une furieuse crampe dans la cuisse. La sensation est la même que si on lui avait planté un couteau dans la jambe. Et qu'on tournait la lame de temps en temps pour le plaisir.

Par bonheur, elle est arrivée. Elle se relève et découvre que Tania a bel et bien retiré le grillage devant la fenêtre des toilettes. Elle jette un œil à l'intérieur de la salle de bain. Personne. La pièce est éclairée par des rangées de néons. Lili grimpe et saute à l'intérieur.

Voilà. C'est officiel : elle est entrée dans l'Institut psychiatrique de Radicelle. Pour l'heure, les seuls témoins de son crime sont trois urinoirs, deux toilettes et deux lavabos.

Lili prend la brique que Tania lui a remise et n'hésite pas une seconde. De toutes ses forces, elle la projette dans la fenêtre en fermant les yeux pour éviter de recevoir des éclats de verre.

TAK ! Tocloc !

C'était à prévoir. La brique heurte le mur et retombe sur le plancher. On vise moins bien les yeux fermés.

Elle reprend la brique et inspire un bon coup pour se calmer. Tout en souhaitant que le gardien ne l'ait pas entendue, elle s'avance un peu plus près de la fenêtre. Cette fois, elle lance la brique en gardant les yeux ouverts.

KABLAKADANKAFLANGKAPANG-DANG !

Le verre vole en gros éclats coupants. Si le gardien n'a rien entendu, c'est qu'il est sourd comme un pot ou qu'il a de la glaise dans les oreilles.

Lili ne doit pas traîner là. Sa mission est remplie. Elle contourne les quelques éclats qui sont tombés à l'intérieur et s'avance vers la fenêtre cassée pour se sauver. Elle s'agrippe au rebord et se hisse en s'aidant de ses jambes. Sa crampe dans la cuisse ne lui facilite pas l'existence.

Elle chute.

Deuxième tentative : cette fois c'est son bras qui lâche prise. Lili n'est pas Tania. En matière d'escalade, elle n'a pas l'agilité du ouistiti.

À nouveau, ses fesses embrassent le sol.

Lili fait une troisième tentative en y investissant toutes ses forces. Elle se donne même un élan pour réussir à passer les deux mètres qui la séparent de la fenêtre, se hisser là-haut et disparaître.

Tout allait bien pour entrer : le grillage déposé contre le mur était un marchepied fort pratique pour aider Lili à atteindre la fenêtre. Ces quelques centimètres étaient plus qu'utiles, car maintenant Lili semble incapable de gagner le rebord.

Boum ! Rien à faire.

Elle se relève et tend l'oreille. Des pas se font entendre dans le corridor.

Q

Sur le balcon juste sous la fenêtre du poste de garde, même Tania a entendu le bruit de la brique fracassant la fenêtre des toilettes. Le gardien ne peut pas ne pas l'avoir entendu.

Tania risque un coup d'œil dans le poste de garde. Elle lève la tête une seconde, puis reprend sa position. Elle voit, sur une table, un walkie-talkie, un magazine de musculation, mais pas l'ombre d'un gardien dans les environs.

C'est le bon moment.

Tania sort de sa poche une page autocollante, sorte de grande feuille pliée et dotée d'une pellicule pour protéger le côté collant. Elle retire la pellicule et colle bien la feuille sur la fenêtre.

Elle a acheté cette feuille dans un magasin d'articles d'espionnage, en ville. Une boutique qui vend des bidules pour enregistrer des conversations téléphoniques, des caméras de surveillance pas plus grosses que des boutons et mille et un gadgets pour espions en herbe.

Avec le manche du tournevis qu'elle a utilisé pour retirer le grillage des toilettes, elle donne un bon coup dans la fenêtre. Celle-ci casse mais, grâce à la feuille autocollante, aucun éclat de verre ne tombe par terre.

C'est un truc pour fracasser des fenêtres sans faire de bruit. Vous ne pourrez pas dire qu'on n'apprend rien d'utile dans ce roman.

Tania retire avec précaution la feuille autocollante et découvre le beau trou qu'elle a créé dans la fenêtre. Assez grand pour qu'elle puisse y entrer, ce qu'elle fait.

Une fois dans le poste de garde désert, elle reprend son plan. Au verso, il y a une version schématisée du panneau de contrôle. Tania localise le bouton censé ouvrir toutes les portes de toutes les cellules des fous du septième étage.

C'est un gros bouton vert qui est assez difficile à manquer. Elle appuie et une cloche sonne au moment où les loquets d'une centaine de portes se déverrouillent en même temps.

Le gardien, un homme assez petit, mais qui visiblement veut faire peur et a donc décidé de s'adonner à la musculation, entre dans les toilettes. Il ne trouve rien d'autre que les restants du bruit qui l'a attiré jusqu'ici : de la vitre brisée. Il regarde par la fenêtre pour voir si un des fous ne se serait pas enfui par Dieu sait quel moyen. Personne. Juste une brique rouge.

Il regarde autour, dans les toilettes. Personne non plus.

Lorsque tout à coup, il entend un *Biiiiiiip!*

C'est le son des portes des fous furieux qui se déverrouillent. Pourquoi? Par qui? L'homme cherche son walkie-talkie à sa ceinture. « Merde! » grogne-t-il. Il l'a laissé sur sa table de travail.

Il s'apprête à regagner son poste lorsque, surgissant de nulle part, un fou furieux rebondissant comme une superballe se jette sur lui. Le gardien recule et trébuche. Sa tête heurte le côté du lavabo et du sang se met à gicler. Il tombe sans connaissance.

Et le fou par-dessus lui se met à lui bouffer la chemise. Il arrache les manches et mastique le coton comme s'il s'agissait d'un morceau de steak. Puis, dans un répugnant bruit de déglutition, il avale tout rond le bout de tissu.

Pendant ce temps, cachée dans une poubelle non loin de là, Lili regarde la scène sans trop savoir quoi faire. Tout en songeant que ce n'était certainement pas le plan que Tania avait en tête...

[00:00 DÉBUT DE LA COMMUNICATION]

Eh bien... l'image mentale que Braün s'était faite de sa patronne était très loin de la réalité.

L'Homme en beige s'est plusieurs fois demandé à quoi pouvait ressembler la Dame. Depuis le temps qu'il est membre de la confrérie des Hommes en beige, il n'a jamais eu l'occasion de la voir. Jamais avant aujourd'hui.

Sa tête apparaît dans l'écran circulaire placé au centre du tableau de bord.

— Vous avez pris place dans le Transport, à ce que je vois, dit-elle, s'adressant à lui en vidéoconférence.

Pour une raison inconnue, Braün avait imaginé la Dame plus costaude, comme une *mamma* italienne bien en chair avec laquelle on ne discute pas. Or, la femme devant lui est tout le contraire. La soixantaine d'années, le visage fin, le teint basané comme si elle passait plusieurs heures par jour au soleil.

La Dame a aussi un regard froid. Deux cercles polaires à la place des yeux. Un regard pénétrant que Braün apprécie autant qu'il craint.

— Je suis ravi de vous voir, madame, dit-il.

— Restez concentré, Braün. Vous devez savoir que chaque fois que nous utilisons le Transport, nous mettons en péril le secret. Aussi, le Transport est muni d'un système d'autodestruction. Je suis la seule à pouvoir le contrôler.

— Que voulez-vous dire?

— Si quelque chose tournait mal, je pourrais être forcée de détruire le Transport. Et vous y compris.

Braün est parcouru d'un frisson. La Dame a sa vie entre les mains. Un seul doigt sur un seul bouton et c'en est fait de lui. Et l'Homme en beige sait que cette femme ne rigole jamais.

La Dame est impitoyable. Bien des gens devenus légumes aujourd'hui pourraient en témoigner... s'ils n'étaient pas devenus légumes, justement.

Braün lève le menton et prend une posture pleine de bravoure.

— Si je menace le secret, madame, n'hésitez pas à m'éliminer.

— Je n'hésiterai pas, Braün... même si c'est la dernière chose que je souhaite.

La Dame détourne le regard. Presque au même moment, Braün sent une vibration sous son siège. Il jette un œil par le hublot du cockpit et découvre de la fumée s'échappant des deux côtés du Transport.

Les moteurs de l'engin démarrent dans un silence complet. Les boutons du tableau de bord changent de couleur et l'éclairage dans la cabine de pilotage vire au jaune. Bientôt, Braün se sent comme flotter. Puis il entend le bruit d'un mécanisme au-dessus de sa tête, semblable à celui d'une porte de garage automatique. Il lève les yeux et constate qu'une ouverture est en train de se créer au plafond. Le sommet du pic s'ouvre.

La Dame regarde l'Homme en beige une dernière fois.

— Bonne chance, Braün, dit-elle sur un ton presque amical.

Puis, son visage disparaît et l'écran vire au gris.

[01:34 FIN DE LA COMMUNICATION]

①⑥ Plus on est de fous...

01 h 26.

« Plus on est de fous, plus on rit », dit-on.

J'ai comme l'impression que la suite de cette histoire fera mentir le dicton.

Accoutré en ninja de mauvais film de kung-fu, Simon patiente devant une porte fermée. Au fond, c'est presque comme l'Halloween. Sauf que ce n'est pas une dame et son bol de bonbons qui risque d'ouvrir, mais un fou furieux fraîchement libéré.

En fin de compte, ce n'est pas du tout comme l'Halloween. Mais pas du tout.

Cela fait cinq ou six (ou sept) minutes qu'il poireaute devant cette porte blanche. L'intérieur de son costume est trempé de sueurs froides. Si l'improbable plan de Tania se déroule comme prévu (ce qui serait un fichu miracle), Felipe apparaîtra d'un instant à l'autre. Et Simon devra l'endormir avec le gant de Lili.

Le gant. Il est trop grand pour sa main, mais c'est la seule arme qu'il possède. Il se met en position tout en s'efforçant de faire le vide.

Pour éviter le pire, il devra réagir vite. Quand cette porte s'ouvrira, il n'aura pas le temps pour une partie de Scrabble avec Felipe. Il n'aura qu'une seconde pour lui bondir au visage et l'endormir. Sinon...

Simon n'ose pas penser à ce qui pourrait arriver sinon.

Soudain, il entend du bruit. Des pas. Quelqu'un court derrière la porte blanche. Le son ressemble à celui d'un cheval qui galope. C'est le moment. C'est *son* moment.

Tapadam! Tapadam! Tapadam!

Felipe approche. Simon contracte tous ses muscles. Il s'apprête à s'élancer.

La porte s'ouvre en coup de vent, Simon saute, mais ce qui apparaît lui file entre les pattes. Ce n'est pas Felipe. Que dis-je: MERDE! CE N'EST PAS FELIPE! La chose grouille comme une truite. Simon se retourne pour faire face à cet imprévu. Il voit d'abord les mains de la créature. Elles sont énormes, sales et sillonnées de veines saillantes. Il découvre ensuite son visage. Sa bouche est ouverte et ses incisives sont manquantes, ce qui ne lui laisse que deux canines pour sourire. Il a une face de babouin (et encore, je reste poli).

Avant que Simon ait le temps de comprendre ce qui lui arrive, le type se jette sur lui en aboyant comme une bête. Simon se protège avec ses mains. Grave erreur. Les crocs de l'aliéné s'enfoncent dans le gant qui endort. Simon tente de se déprendre. Le tissu gris ne résiste pas longtemps à l'assaut. Simon parvient à extirper sa main de la gueule de ce détraqué, mais le gant est réduit en charpie.

Cette bête humaine se trouve un coin. Elle grignote les restes du gant en secouant la tête comme un idiot de chien qui s'acharnerait sur la pantoufle de son maître.

Simon est sous le choc. Le voilà sur le balcon du septième étage de la tour des fous. En pleine nuit. De façon parfaitement illégale. Et, sous ses yeux, un malade mental est en train de détruire sa mince, sa seule chance de sortir intact de cette mission.

L'énergumène avale les derniers morceaux du gant et conclut son repas par un rot sonore. Puis, il se retourne vers Simon et bondit à nouveau dans sa direction.

Q

Toujours au poste de garde, Tania risque un œil dans le corridor. Elle y trouve une foule de fous déchaînés, des hurlements, des rires démoniaques, du tapage. Le chaos. Des patients se frappent la tête sur les murs, d'autres cherchent la bagarre, d'autres sont recroquevillés et restent immobiles.

Avec le vacarme qu'ils font, les gardiens ne tarderont pas à débarquer à l'étage avec tout ce qu'ils possèdent de camisoles de force et de tranquillisants. Tania n'a donc pas une seconde à perdre.

Armée de son vaporisateur de poivre de Cayenne, elle met un pied dans le corridor. Aussitôt, un débile sautant comme un kangourou la remarque et se précipite vers elle. Sans broncher, Tania le poivre un bon coup. Le sauteur décampe en hurlant de douleur, l'œil gauche brûlant comme s'il avait remplacé son liquide à lentilles cornéennes par de l'eau de Javel.

Pour ceux qui se poseraient la question, le poivre de Cayenne est utilisé notamment en camping sauvage pour éloigner les ours. Imaginez ce qu'il peut faire sur un simple humain.

Tania n'attend pas qu'un autre fou remarque sa présence et crie :

— FELIPE ! FELIPE ! TU ES LÀ ? C'EST MOI, TANIA ! C'EST TANIA !

La châtaine fouille le chaos du regard pour tenter d'apercevoir Felipe. En vain. Deux types aux yeux de maniaques s'avancent vers elle, envoûtés par ses cris (qui n'avaient pourtant rien du chant de la sirène). De la bave fait reluire leurs mentons.

— RECULEZ ! avertit Tania en brandissant son vaporisateur.

Les deux diables s'en moquent. Tania se prépare à les assaisonner à la mode mexicaine lorsqu'un tonnerre vocal envahit le corridor.

— TANIA !

Le hurlement est suivi d'un tremblement de terre. Devant elle, elle voit des fous voler, virevolter à gauche, à droite. Imaginez Obélix qui s'enfonce dans une légion romaine et vous aurez une image fidèle de la scène en cours.

C'est ainsi que Felipe se fraye un chemin dans la foule et, bientôt, il apparaît devant Tania. Il happe les deux maniaques qui s'apprêtaient à s'en prendre à elle, les arrache du sol comme s'il s'agissait de deux mauvaises herbes et les projette derrière lui.

Tania avait oublié à quel point la force de Felipe était spectaculaire. C'est du bétail, ce garçon.

Felipe se tient devant Tania, soufflant comme un taureau. Il a le visage rouge et les cheveux plus longs. Tania ne l'a connu que le crâne rasé.

— TANIA ! dit-il en souriant malgré le chaos.

Pour lui, plus rien n'existe autour. Tania pose une main sur la sienne.

— C'est moi, Felipe.

— TITOR M'A EU, TANIA !

— Je sais ! Mais, je suis là... Titor ne t'aura plus. Ramène-moi au bout du couloir... On fiche le camp !

$$Q$$

Était-il prévu dans le super plan de Tania que Simon aurait à se démener avec un maniaque bouffeur de vêtements ? Je ne crois pas.

Le glouton est maintenant agrippé au dos de Simon. Ses ongles dégoûtants s'enfouissent dans sa peau. La bête l'écrase de tout son poids et cisaille son costume de ninja avec ses dents.

Simon est à quatre pattes et tente de se débarrasser du rapace. Il tâte le sol à la recherche d'un truc, d'un machin, d'une chose avec laquelle il pourrait assommer ce dément. Sa main court jusque dans la gueule ouverte du sac à dos de Tania. À l'intérieur, il trouve le virulliteur, la fameuse rondelle de Maude. C'est mieux que rien.

Il saisit l'objet et frappe avec force le front du fou. Ce n'est pas suffisant. Celui-ci pousse un grognement sans pour autant lâcher prise.

Dans son dos, Simon sent son chandail se déchirer sous les coups de mâchoire de la bête sauvage. Toujours armé de sa rondelle, il fait une deuxième tentative. Et *PANG!* Le côté du virulliteur heurte le sourcil de son assaillant.

Cette fois, l'animal a mal.

Il lâche Simon et se tortille de douleur sur le sol. Notre héros en profite pour se relever. Son assaillant a un morceau de son chandail dans la bouche et une coupure sur le front qui saigne comme vache qui pisse.

Le virulliteur toujours dans sa main, Simon constate que l'objet vibre. Le coup a déclenché le mécanisme : la virullite pousse. Dans quelques minutes, elle deviendra un énorme disque de cristal.

Le fou se remet péniblement sur pied en alternant les grognements de rage et les gémissements de douleur. Il se tient près de la porte blanche. Simon est de l'autre côté. Soudain, il bondit vers Simon et... *POK!*

Son visage s'écrase sur la porte que Felipe vient d'ouvrir violemment devant lui.

Le gorille que l'on croyait disparu apparaît, survolté, en sueur. Il porte Tania sous son bras comme s'il s'agissait d'une baguette de pain.

— Simon! lâche la châtaine. Endors Felipe! ENDORS-LE!

— Je n'ai plus le gant! lance Simon pendant que Felipe s'énerve sur la terrasse.

— Quoi? Felipe, lâche-moi!

Felipe s'exécute. Aussitôt debout, Tania va et vient nerveusement sur le balcon. On voit la panique dans ses yeux.

— Réfléchis, Tania, réfléchis... se dit-elle à voix haute.

Mais bon, un problème épouvantable à la fois. La porte métallique est toujours entrouverte et, derrière, des fous se relèvent et reluquent dangereusement la sortie. Et ils sont encore plus furieux que tout à l'heure.

— Pense vite, Tania! Pense vite! se dit la jeune femme.

— C'était ÇA, ton plan? en rajoute Simon.

— Donne-moi le truc! ordonne enfin Tania.

— Quel truc?

— Le virullichose!

Elle parle du virulliteur que Simon tient toujours dans sa main. Tania le saisit et le coince entre la poignée de la porte et le verrou. Il tient en place.

Cette poignée n'a pas la forme d'un bouton qu'on tourne, mais d'un levier sur lequel on appuie. Pensez à celui d'une chasse d'eau. Avec la rondelle en place, il est impossible d'appuyer sur la poignée (et donc d'ouvrir la porte).

Mine de rien, quand on a un zeste d'imagination et deux onces de débrouillardise, ce petit gadget arrive à se rendre utile.

— Ça devrait les tenir pour un moment! dit Tania.

— TANIA! TITOR M'A EU! répète Felipe.

Passons au deuxième problème épouvantable : Felipe. Comment le faire descendre de l'immeuble sans l'endormir. Tania tente d'abord l'approche douce.

— Felipeeeee? Penses-tu que tu pourrais descendre en rappel avec cette corde? demande-t-elle comme si Felipe avait deux ans d'âge mental (ce qui n'est pas loin de la vérité).

— Ben... ouais! Merde! Tu me prends pour un pur con ou quoi? répond l'ogre.

Il passe aussitôt une jambe par-dessus la rambarde et amorce sa descente. Le gorille semble avoir perdu sa folie. Il a retrouvé son langage vulgaire, par contre. Quelque chose d'étrange. Est-ce le stress, la nervosité ou le simple bonheur d'être libre? Enfin, on n'aura pas tellement le temps d'enquêter là-dessus.

— À toi, Simon, dit Tania.

Simon enjambe la rambarde et descend à son tour en agrippant la corde de ses deux mains moites. Tania est la dernière à empoigner la corde. Au bout d'une minute, tous les trois sont de retour sur le gazon mort près de la benne à ordures.

Tous les trois.

Trois.

Simon regarde Maude, qui a fait le guet tout ce temps. Maude regarde Felipe, qui a changé depuis la dernière fois qu'elle l'a vu. Felipe regarde Tania et Tania regarde Simon qui, le chandail à moitié dévoré, réalise soudainement que le pire du pire du pire s'est produit.

— LILI ! hurle-t-il. ELLE EST RESTÉE LÀ-HAUT !

Le vacarme venant du corridor s'amplifie. Lili risque un œil dehors en poussant la trappe de la poubelle (dans laquelle elle a l'impression d'avoir passé toute sa vie). Il n'y a encore personne, sauf le corps inanimé du gardien de l'étage. Il est toujours inconscient près de la fenêtre cassée, les restes de sa chemise sur son torse nu.

Il lui faudra bien sortir de cette poubelle un jour. Elle ne pourra pas rester là éternellement. Elle espérait que Tania et Simon viendraient la secourir. À l'évidence, ils avaient d'autres priorités. Soit ils sont dans un pétrin au moins égal au sien, soit ils l'ont oubliée.

Elle devra se débrouiller seule. Or, les deux options qu'elle a devant elle sont terrifiantes chacune à sa manière.

Si elle attend dans cette poubelle qu'un concierge la trouve, elle est foutue.

Si elle sort de là et décide d'affronter la horde de fous, elle est aussi foutue.

$$Q$$

Une vibration. *Brobolombolombolom*... Le son d'un moteur d'auto gronde dans son oreille.

Laurence se réveille. Elle est encore dans cette auto. Qui conduit? Pour aller où? Impossible de le savoir. Depuis quand roule-t-elle? Reverra-t-elle un jour Grise-Vallée?

Elle se débat. Un peu pour rien, car même si elle réussissait à se débarrasser de cette taie d'oreiller sur sa tête, de ce bâillon et des liens qui lui immobilisent les poignets et les chevilles... que pourrait-elle faire?

L'auto stoppe.

Laurence entend la portière avant s'ouvrir et se refermer. Puis, la portière arrière, juste à côté d'elle, s'ouvre. Elle sent un courant d'air.

Elle voudrait hurler de toutes ses forces.

Une main se pose sur sa bouche et son nez. Laurence croit qu'on veut l'étouffer. Par réflexe, elle inspire un bon coup. L'odeur est particulièrement... particul... parti...

Laurence s'endort. L'auto redémarre.

①⑦ L'armée des dingues

01 h 44.
Ce qui se passe dans ce chapitre reste dans ce chapitre, compris ?

Simon se prend la tête à deux mains. Incapable de contenir sa colère, il flanque un coup de pied sur le flanc de la benne à ordures. Le coup résonne jusque dans son genou. Maude sanglote dans un coin. Felipe a les yeux rivés sur le sommet de l'institut, la bouche entrouverte. Lili est toujours là, et lui, sept étages plus bas.

— O.K., dit Tania. Restons calmes. Il y a sûrement un moyen de la ramener.

Elle est la seule à garder un semblant de contrôle malgré la situation. Simon, lui, fulmine.

— RESTER CALME ? crie-t-il. J'EN AI ASSEZ DE TES PLANS DÉBILES ! JE VAIS CHERCHER LILI !

Là-dessus, il retire sa cagoule, la jette violemment par terre et, sans regarder derrière, disparaît dans l'obscurité.

— SIMON ! REVIENS ! lance Tania.

— PAS SANS LILI !

Simon traverse le jardin en contournant la maison des fous et atteint sa façade en moins de deux. On l'a rarement vu dans cet état.

Il n'a pas de plan compliqué caché dans sa manche. Pas de stratégie mûrement réfléchie. Pas question d'escalade, de gadget pour tordre des barreaux, de tactiques de diversion. Que lui, ses deux poings et une rage en formule concentrée qui circule dans ses veines.

Simon ira chercher Lili en passant par l'intérieur de l'institut, et gare à celui qui tentera de l'arrêter.

Il trouve l'entrée principale. Elle est verrouillée, bien sûr. Ce n'est pas un problème. Il empoigne un cendrier sur pied à côté de lui. Avec vigueur, il le soulève et recule pour prendre son élan. Puis, il s'élance vers la porte en se servant du cendrier comme bélier.

BRANGKALANG!

Le verre ne s'obstine pas devant tant de détermination. Il éclate en milliards de petits morceaux. Simon se débarrasse du cendrier sans dire merci et pénètre dans l'institut.

Il traverse le hall d'entrée, contourne le comptoir de l'accueil désert et continue vers la salle commune. D'un coup de pied, il pousse les portes battantes et entre dans la pièce. Personne. Pas le moindre garde en vue. La télé est éteinte. C'est le calme plat.

Avec le branle-bas de combat au septième, tous les employés de l'asile doivent avoir été appelés en renfort.

Simon a donc le champ libre. Il fonce à toute vitesse vers l'ascenseur au bout de la pièce. La porte qui y mène a été laissée entrouverte. L'adrénaline est son carburant. La rage, son huile. Les larmes, son lave-vitre.

Ses pas résonnent. Il respire fort. Il a l'impression d'être dans la peau d'un guerrier de légendes s'apprêtant à affronter des monstres armé de son seul courage.

Dans sa course, il croise un balai appuyé sur une colonne. Sans réfléchir, il le prend et dévisse la brosse pour ne conserver que le manche. Le voilà guerrier de légendes s'apprêtant à affronter des monstres armé de son seul courage. Et d'un manche à balai.

Il se rue vers le fond de la salle. C'est alors que, quelques pas avant d'atteindre l'ascenseur, il sent quelque chose. Son bras.

Une main l'empoigne à l'endroit exact où Lili a enfoncé ses ongles à la soirée cinéma. La peau est encore sensible.

Simon se tourne vivement et lève son bâton.

— ILS S... S... S... SONT LÀ ! entend-il alors bégayer.

Les quelques éclats de la lumière des projecteurs de l'extérieur lui permettent de voir celle qui a interrompu sa course.

C'est la jeune femme folle et maigre comme au terme d'un régime beaucoup trop efficace. Celle qui lui a fichu une trouille solide lorsque lui, Lili et Éric-François sont venus à l'institut pour interviewer Felipe. Celle qui a des visions.

— ILS S... S... SONT LÀ ! répète-t-elle. IL F... F... FAUT LES ARRÊTER, SUIS-MOI !

Simon ne comprend pas. La folle le tire si fort par le bras qu'elle manque de lui déboîter l'épaule. Simon se débat.

— Mais... je dois aller au septième...

— V... V... V... VIENS! s'entête la patiente avec l'air de ne pas vouloir changer d'avis.

Elle le pousse dans les escaliers et, ensemble, ils gravissent les quelques marches menant au premier étage. Elle ouvre alors la porte et laisse Simon passer devant elle. Celui-ci débarque dans le corridor du premier étage et stoppe net. Ce qu'il voit lui coupe le souffle. Une quarantaine de pensionnaires ont quitté leur chambre et attendent dans le couloir. En voyant Simon, ils se mettent à hurler.

— YAAAA! HIIIII!

— Mais... lâche Simon.

La maigrichonne se place à ses côtés et désigne le groupe.

— On v... v... va t'aider, dit-elle. Je m'a... m'a... m'a... ppelle Tina, mais t... t... t... tout le monde ici m'appelle Ti... Ti... Ti... Titi. J'ai reçu il y a qu... qu... quelques m... m... mois une lettre qui p... p... p... parlait de toi... Qui p... p... p... prédisait ce qui allait s... s... s... se passer cette n... n... n... nuit.

Titi sort une feuille de la poche de son pyjama. Pendant que Simon la consulte, elle poursuit son histoire malgré son bégaiement.

— On est qu... qu... quelques-uns d... d... dans cet institut à s'êt... t... t... à s'être fait engluer la mé... la mé... la mé... mémoire. C'est p... p... parce qu'on en sa... sa... savait t... trop.

— Mais... cette lettre...

— Elle n... n... nous demandait de cesser d'ava... d'ava... d'avaler les... les... les... pilules qu'ILS nous d... d... donnent. On l'a... l'a... l'a... f... fait et on a c... c... c... commencé à re... re... retrouver la mémoire.

— Qui a écrit ça ? demande Simon.

— Elle a si... si... signé son nom : Do... Do... Do... Dorothée.

Dorothée. C'est le nom de la mère de Lili, l'ange qui veille sur eux. Simon commence à comprendre. Un peu.

— V... v... viens ! lui dit Titi.

— Je dois aller chercher Lili ! lance Simon.

— Pas s... s... s... sans nous...

La jeune femme regarde Simon, puis se retourne vers son groupe de fous.

— T... t... tout le monde est p... p... prêt ? lance-t-elle.

Les quarante patients en pyjama hurlent en cœur :

— YAAAAAAAAA !

Ils sont tous survoltés et crient comme des Indiens prêts à scalper des Visages pâles. Ils lèvent les bras vers Simon et l'acclament comme s'il était leur chef.

Le voilà guerrier de légendes s'apprêtant à affronter des monstres armé de son seul courage, d'un manche à balai. Et d'une armée de dingues.

Au milieu de la foule se faufile alors un type. Simon le reconnaît : c'est M. Glocol. Vous savez bien : le faux préposé à l'accueil duquel Lili avait pu obtenir un faux rendez-vous pour voir le vrai Felipe.

— Un instant, lance-t-il sur un ton pointu. Il est *formellement* interdit de sortir de nos chambres et de faire du tapage après le couvre-feu. C'est le règlement! Si Mme Wuth apprend que vous êtes ici, elle sera dans une grosse colère et tout le monde sera privé de dessert...

C'est alors que l'énorme main velue d'un patient émerge et attrape le chouchou de Mme Wuth par l'oreille. Celui-ci est avalé par la foule. On n'en entendra plus parler.

La maigrichonne pousse Simon vers les escaliers.

— V... v... vite! On y v... va!

Suivi de sa horde, Simon grimpe les marches. Il avale les escaliers trois marches à la fois. Ses quatre dizaines d'alliés le talonnent. Leurs pas font vibrer la cage d'escalier. Simon a l'impression d'être poursuivi par un troupeau d'éléphants. Mais surtout, avec ces gens derrière lui, il se sent plus fort.

Il sent qu'il peut y parvenir.

Au septième étage, Simon s'arrête. Il se retourne et contemple son armée. Toutes ces têtes, ces visages. Des barbes, des longs nez, des sourcils touffus, des fronts bas, des grandes dents et des oreilles décollées, des gros, des maigres. Ils n'ont qu'une chose en commun: les Hommes en beige les ont faits prisonniers parce qu'ils en savaient trop.

Titi se faufile parmi les autres et vient se poster près de Simon.

— On p... p... peut y aller.

En direct des escaliers, on entend le tapage dans le corridor du septième étage. Les fous furieux sèment toujours la pagaille tandis que les gardiens de l'asile tentent de les maîtriser. Simon serre son manche à balai entre ses mains. Il gonfle ses poumons pour se donner du tonus et ouvre la porte. C'est alors que la bande de fous s'enfonce dans le corridor en hurlant à la mort. Simon se mêle au troupeau en criant de toutes ses forces.

— YAAAAAAAAAAA!

Demain, il aura certainement du mal à croire ce qu'il a vécu ici.

Sitôt entré dans le corridor du septième, il se fait bousculer de tous bords, tous côtés par ce bétail hurlant. *AAAAH!* Il se sent comme une chaussette au milieu d'une brassée de serviettes de plage dans la machine à laver. *GRRRAAAAAH!* Avec son manche à balai, il repousse un fou furieux près de lui. *HIIIIIII!* Il enjambe un gardien échoué sur le sol. *WAAAAAAÏÏÏÏÏH!* Il trébuche sur quelque chose mais parvient à se plaquer contre le mur pour éviter de se faire piétiner. *BRIIIIUUUUUUGGRRR!* Il regagne le peloton. Cette fois, il reste debout, avec son manche à balai pour seul moyen de défense.

Il sait maintenant à quoi devaient ressembler les grandes batailles du Moyen Âge lors desquelles les guerriers s'affrontaient dans un face-à-face sanglant. Chaque seconde comportait un danger. Une inattention, un clignement d'yeux et l'on pouvait recevoir un coup fatal.

Simon aperçoit les toilettes. Il y a des chances que Lili y soit encore. Il n'hésite pas et, sitôt devant la porte, il la pousse et s'y réfugie. Il passe son manche à balai en travers de la porte pour la bloquer et éviter que les toilettes soient inondées de fous furieux. Ça ne tiendra pas longtemps. Simon cherche une solution plus durable, il voit une poubelle non loin de là. Elle pourrait servir à coincer la poignée. Il la saisit par les côtés. Sauf que...

Elle est lourde. Et elle gémit.

Son capot s'ouvre et, au milieu des serviettes pour les mains et des vieux gobelets à café, Lili est là.

— SIMON! QU'EST-CE QUE TU FAIS ICI?

— LILI!

Des coups sont donnés dans la porte. Dans le corridor, les fous ne tarderont pas à l'enfoncer.

— Que... que... qu'est-ce qu'on fait maintenant? demande Lili, encore passablement beaucoup énormément secouée.

— La fenêtre!

— Je ne suis pas capable de grimper. C'est trop haut!

Simon regarde autour. Près d'une toilette, il remarque un homme corpulent étendu de tout son long.

— Qui c'est?

— Le gardien. Un fou l'a assommé tantôt et lui a bouffé sa chemise... C'était dégoûtant, tu aurais dû voir ça...

— J'ai une petite idée, figure-toi, dit Simon.

Oui, bon... Lili ignore encore que son ami a eu l'occasion de partager quelques moments intimes avec le fameux bouffeur de vêtements.

— Faut y aller! poursuit Simon. On va passer par le corridor!

— Hein?

— T'as une autre solution?

— Poutine! Ils vont nous déchiqueter!

— Je suis venu ici sans perdre un morceau, t'en fais pas...

Simon s'apprête à ouvrir la porte lorsqu'un son vers la fenêtre attire son attention. Lili se retourne aussi.

— LE BOUFFEUR DE CHEMISE! crie-t-elle en voyant le visage de babouin du désaxé dans le cadre de la fenêtre cassée.

Simon tire Lili vers lui tandis que le bouffeur de vêtements s'apprête à sauter dans les toilettes.

Ils sont coincés. Mais au moment où le bouffeur de vêtements prend son envol, une main apparaît, l'attrape par les cheveux et, d'un geste, le ramène à l'extérieur. Qui est-ce?

— Vous devriez passer par ici, c'est plus sûr! leur dit l'homme aux lunettes de soleil en se montrant.

Comment est-il monté jusqu'ici? Et comment parvient-il à bien voir en pleine nuit avec ses verres fumés? C'est le genre de question que Lili poserait si l'urgence ne lui poussait pas dans le derrière. Alors, elle va à l'essentiel.

— Mais... comment saviez-vous? demande Lili.

— J'ai fait la promesse à ta mère qu'il ne vous arriverait rien...

①⑧ Tache de moutarde dans la nuit

2 h 12.
Si on regarde les étoiles longtemps, mais vraiment très longtemps...
on peut attraper un torticolis.

Éric-François se réveille en sursaut. Son visage est écrasé sur le ventre d'un coussin blanc. On devrait plutôt dire vert, car son maquillage de Martien a laissé sa marque. Il relève la tête et constate que tout le monde autour est endormi. Le drap-écran est toujours suspendu devant le faux foyer, mais aucun film n'est projeté. « Quelle heure est-il ? » se demande l'extraterrestre.

Évidemment, il n'a pas de montre.

Yann-la-patate ronfle près de lui. Éric-François lui soulève le bras et se tord le cou pour consulter la montre à son poignet. La petite aiguille est sur le 2 et la grande n'est pas loin devant.

2 h 12 du matin.

Il a dormi tout ce temps ? Son dernier souvenir est celui d'une scène de film de vampire. Il se rappelle avoir trouvé une erreur dans le film : les vampires ne sont pas censés faire du ski le jour, puisqu'ils ne sortent que la nuit. Puis, il ne se souvient plus de rien, ni du reste du film ni du reste de la soirée.

Il se lève et enchaîne quelques étirements. Simon et Lili ne sont pas sur leurs coussins, remarque-t-il. « Ils sont peut-être en haut. » Abandonnant le groupe, il grimpe les escaliers. Personne. Il fait le tour de la cuisine et s'arrête devant la porte-fenêtre. Dehors, c'est la nuit noire.

Il ouvre la porte sans faire de bruit.

La nuit est frisquette. Hormis le rassurant ronron des thermopompes du voisinage, le silence règne.

Éric-François s'assoit sur une chaise de patio et se laisse envelopper par la nuit. Il inspire profondément et lève les yeux au ciel. La lune est dans son dernier quartier. Elle a l'aspect d'un croissant qu'il ne vous viendrait jamais à l'idée de manger : grisâtre et couvert de cratères. Un détail attire alors son attention. Un étrange point jaune au bas de la corne de l'astre lunaire. C'est un peu comme si la lune avait une tache de moutarde sur le menton. Éric-François plisse les yeux pour mieux voir. Ah, si seulement il avait son télescope... Il fixe le mystérieux point, puis est saisi d'étonnement.

La tache se déplace.

Elle quitte la face lunaire et poursuit sa route dans l'immensité noire du ciel. Son trajet suit une ligne droite. À la voir filer, Éric-François est forcé d'admettre que ce qu'il a sous les yeux n'est autre que...

— UN OVNI ! s'écrie-t-il, ne sachant trop comment réagir.

Doit-il avoir peur, être surpris, affolé, exalté? Il opte pour un mélange de toutes ces émotions.

Le point change subitement de direction. Il n'y a plus de doute possible, ce ne peut pas être une étoile filante ni une météorite. Ce n'est pas un banal corps céleste qui se promène dans l'espace. Ce truc est dirigé par une intelligence.

Éric-François suit du regard l'ovni. Ironie du sort, il est déguisé en extraterrestre le jour même où il voit un ovni! Des trucs pareils, ça ne s'invente pas.

Éric-François est figé sur le patio de la famille Pritt. Il ne quitte pas des yeux ce point jaune. Il est là, impuissant, devant un objet volant non identifié. Il est là à vivre l'instant dont il rêve depuis des années.

Certains croient que, lorsqu'on désire quelque chose très fort, il suffit de le demander à l'univers et la chose se produit.

Je doute que cela fonctionne, mais je suis loin de détenir la vérité absolue.

Toujours est-il qu'Éric-François est devant un ovni. Le bouton jaune stoppe au-dessus des collines de Grise-Vallée. *Simon! Il a un appareil photo!* se dit-il.

L'ennui, c'est que, s'il va le chercher dans la chambre de son ami, il risque de rater l'ovni. En revanche, s'il n'y va pas, personne ne le croira.

Gros dilemme.

Après seize secondes de réflexion, le chroniqueur finit par prendre une décision. Il abandonne son ovni et court à l'étage jusqu'à la chambre de son ami. Il ouvre la porte. Personne. La chambre de Simon est moins bordélique que la sienne. Il trouve son appareil photo bien rangé sur une tablette au-dessus de sa tête de lit.

En temps ordinaires, Simon ne laisse personne toucher à son équipement de photographie. Mais si c'est pour photographier un authentique ovni, Éric-François se dit qu'il n'aura pas de mal à se faire pardonner.

①⑨ Tout ça pour... ÇA !

02 h 21.
Les effets spéciaux dans ce chapitre ont coûté une petite fortune.
Appréciez-les.

Simon, Lili et Luis se sont retrouvés au rez-de-chaussée en moins de deux. Après être sortis par la fenêtre des toilettes, ils ont contourné le septième étage par le balcon. Puis, ils sont rentrés dans l'immeuble par la fenêtre du poste de garde et, de là, ils ont atteint l'escalier intérieur. Ils n'en ont fait qu'une bouchée. Ils n'ont peut-être pas fracassé le record mondial de vitesse en descente d'escaliers, mais c'est certainement tout près.

Ils arrivent dans la salle commune essoufflés. Les muscles de leurs jambes sont détruits. Ils se sentent comme s'ils venaient de se farcir la collection complète de DVD d'exercice de Johnny Cardio en dix minutes.

La quarantaine de fous qui, quelques minutes plus tôt, formaient l'armée de Simon les ont suivis. Après avoir participé au sauvetage de Lili, ils ne rateront pas l'occasion de s'évader.

Tout ce beau monde se retrouve donc dans la salle commune. Or la pièce baigne dans une mystérieuse lumière jaune. Les chaises, les tables, les sofas ; tous les meubles ont pris une teinte dorée. En voyant cela, l'homme aux lunettes de soleil est pris d'un moment de panique.

— ILS n'ont pas osé... commence-t-il.

Il se précipite vers la baie vitrée. Celle-ci rayonne comme si mille projecteurs étaient braqués dans sa direction. Dehors, il fait aussi clair que le jour.

— Je ne le crois pas! lâche-t-il. ILS ONT OSÉ!

L'étrange phénomène lumineux incommode manifestement Luis.

Simon et Lili s'approchent à leur tour de la baie vitrée sans trop comprendre. La lumière leur brûle la rétine. Ils voient la silhouette de Luis se découper dans cette toile jaune. L'homme se penche et soulève un fauteuil par les bras. Puis, il prend son élan en tournant quelques fois sur lui-même comme les champions olympiques au lancer du marteau. Il lance le meuble dans la fenêtre. Celle-ci se comporte comme toutes les fenêtres lorsqu'on projette avec vigueur quelque chose dessus : elle se fracasse.

Sans hésiter, quelques fous profitent de cette fenêtre cassée pour prendre la poudre d'escampette. On dirait des bêtes fuyant leur jardin zoologique.

D'un bond, Luis saute à son tour dans l'ouverture et se retrouve dans le jardin. Simon et Lili ne moisissent pas longtemps dans la salle commune : ils le suivent. Ce qu'ils trouvent dans le jardin dépasse en ampleur toutes les surprises que leur avait jusqu'ici réservées cette incroyable soirée d'Halloween.

Ce qu'ils voient... ils ne le croient pas.

Un disque de la taille d'une piscine hors terre flotte à environ six mètres au-dessus du gazon. Sa surface est recouverte d'un curieux métal phosphorescent.

D'où ils sont, nos deux journalistes ont une vue partielle du cockpit de l'appareil, situé sur le dessus. Ils ne voient pas à l'intérieur, la lumière est trop vive.

Tania est là, Maude aussi. Elles crient, mais semblent hors de danger. Du côté de Felipe, c'est tout le contraire. Il est là aussi, bien sûr, juste sous la soucoupe, mais il est attiré comme un aimant par l'engin volant. La force d'attraction est assez puissante pour le faire lever de terre. Il flotte la tête en bas. La seule chose qui l'empêche d'être aspiré par la soucoupe volante, c'est ce chétif cèdre décoratif auquel il s'accroche avec l'énergie du désespoir.

Simon et Lili regardent la scène, muets d'étonnement. Ils ont été témoins de plusieurs choses étonnantes au cours de leur jeune existence, mais rien qui arrive à la cheville de ÇA!

L'homme aux lunettes de soleil vole à la rescousse de Felipe, mais Tania se jette devant lui.

— N'y allez pas! Maude et moi, on a essayé. Le faisceau qui l'aspire donne des chocs électriques!

— Je sais tout ça, dit Luis.

Il pousse Tania et fonce vers le cône de brouillard blanc qui aspire Felipe vers le haut. Rendu près du faisceau, il plonge le haut du corps à l'intérieur sans hésiter, comme lorsqu'on plonge dans un lac à l'eau froide.

— AAAAAArrrgh!

Son hurlement le confirme : la douleur des décharges électriques est bien réelle. Malgré tout, l'homme aux lunettes de soleil saisit le bras de Felipe et lui crie dans l'oreille.

— Felipe, tu vas prendre ÇA!

Il lui glisse dans la main une bille noire polie.

— J'VEUX PAS RETOURNER À TITOR! gémit Felipe, le visage tordu par l'effroi.

— FELIPE! reprend Luis en tirant Felipe par l'oreille. ÉCOUTE-MOI BIEN! PRENDS CETTE BOULE, O.K.? C'EST UNE SONDE POUR QU'ON TE RETROUVE! TU VAS LA GARDER DANS TA MAIN ET NE JAMAIS, JAMAIS LA LÂCHER, O.K.?

Felipe n'a pas le temps de répondre. Les racines de l'arbuste cèdent soudain. Le gorille perd la seule chose qui le retient au plancher des vaches. L'instant d'ensuite, il est emporté vers l'engin volant. *Zwiiiiit!* Aspiré. Sous la soucoupe, une ouverture circulaire s'ouvre comme une bouche. Felipe est avalé.

L'homme aux lunettes de soleil se jette sur le dos pour se libérer de la torture que lui infligeait l'enveloppe électrique.

La carrosserie de l'appareil qui irradiait de la lumière jaune s'éteint alors. Avec cette lumière moins vive, Simon et Lili peuvent distinguer du jardin le cockpit de cet engin volant... et le pilote.

— C'est le gars du sous-sol de l'église! dit alors Simon en reconnaissant Braün.

Simon a déjà eu affaire à lui dans un certain sous-sol d'église[7], si ma mémoire est bonne. Braün se retourne vers eux, leur décoche un regard. Puis, la soucoupe s'élève de plusieurs mètres, jusqu'à disparaître dans le ciel noir.

Simon, Lili, Tania et Maude se jettent sur Luis. Celui-ci est étendu sur le côté, immobile, dans le gazon.

— Ça va? demande Lili.

Il ne répond pas. Le gaillard fume comme un steak sur le barbecue. La violence du champ électrique a projeté ses verres fumés un peu plus loin. Avec son œil noir grand ouvert, il a l'air d'un cadavre terrifiant.

— Partez, chuchote-t-il.

— Quoi? dit Lili en s'approchant de lui.

— Sauvez-vous!

— Jamais! dit Simon en lui attrapant les bras pour le déplacer. On va vous tirer de là!

En prenant la main de Luis, il découvre que celle-ci est brûlante. Et sa peau est croustillante comme celle d'un poulet cuit. L'homme attrape alors le garçon avec son

---

7 Voir *L'Horoscope particulièrement précis* (*Le Cratère*, tome 4).

bras non calciné et ramène son visage près du sien.

— Décampez, c'est un ordre ! dit-il. J'ai approché l'auto. Elle est dans le parking, juste à côté. Laurence dort encore. Tout va bien aller pour vous.

— Justement, proteste Simon. On peut vous emmener !

Tania intervient et tire Simon vers elle.

— On s'en va, décide-t-elle.

— Mais... fait Lili en s'adressant à l'homme aux lunettes de soleil. Les Hommes en beige, ils vont vous prendre ?

— S'ils me prennent, ce n'est pas la fin du monde, dit-il. Par contre, eux...

Luis tourne la tête vers les fous qui s'évadent par la trouée pratiquée dans la clôture de fer forgé qui ceinture le jardin.

— ... eux méritent d'être libres.

🔍

Éric-François dévale les escaliers vers le sous-sol.

— Réveillez-vous ! RÉVEILLEZ-VOUS, QUOI !

Tout le monde roupille encore sur son coussin. Le père de Simon est le premier à ouvrir l'œil.

— Hein ? Qu'est-ce qui se passe ?

Éric-François sautille autour du groupe en brandissant, tel un trophée de chasse, l'appareil photo de Simon. Il secoue les épaules de Kim, file un coup de pied dans les jambes de Yann.

— Réveille-toi, vieux! Vise un peu ce que j'ai photographié!

Les uns après les autres, tout le monde finit par se réveiller. C'est l'heure des frottements d'yeux, des étirements, des bâillements et du grattage de diverses parties du corps. Le sous-sol des Pritt est toujours plongé dans l'obscurité. Sur l'écran, le film *Les vampires font du ski* est terminé depuis longtemps et le DVD est revenu au menu d'accueil.

— On dort depuis quand? demande Félix.

— Il est 2h54, lui répond, en consultant sa montre, son collègue déguisé en loup-garou.

— Je me souviens du vampire dans le remonte-pente... puis, plus rien!

— Ohé! Écoutez-moi, à la fin! coupe Éric-François. J'ai vu un ovni!

— Tu t'es regardé dans le miroir? plaisante Yann Dioz.

— Déconne pas, c'est pas le moment! Dehors, tantôt, il y avait un ovni. Je l'ai vu dans le ciel et je l'ai même pris en photo!

— Pardon?

— Je demande à voir, dit un des collègues de Félix (le facteur-vampire), sceptique.

Éric-François retourne l'appareil photo pour que tout le monde puisse voir le moniteur numérique. Puis, il affiche les photos qu'il a prises.

— Regardez!

La patate, la betterave, le tyrannosaure à cravate et les autres curieux personnages costumés se massent derrière notre Martien pour observer les images sur le minuscule écran.

— Tiens... Là, le point, dit Éric-François.

— Je vois rien, fait Kim.

— Tu débloques, ou quoi? C'est juste là...

— Ôte ton doigt, tu caches tout!

— Ça ressemble à une étoile.

— Mais non, c'est beaucoup plus gros qu'une étoile...

— C'est peut-être un satellite.

— C'est vrai qu'on peut voir les satellites lorsque le ciel est dégagé.

— VOUS ÊTES MAL CÂBLÉS, OU QUOI? C'est un ovni, que je vous dis, lance Éric-François.

Le chroniqueur commence à comprendre comment peuvent se sentir les témoins d'ovnis qui tentent de raconter ce qu'ils ont vu à leur entourage.

Cela dit, toute cette histoire de soucoupe volante aura eu un bon côté: personne dans le sous-sol des Pritt n'a encore eu le temps de remarquer l'absence de trois personnages que nous connaissons bien.

🔍

Tania stoppe son auto devant la maison de Simon. Elle éteint le moteur et les phares. La nuit a été dure pour elle. Elle a une coupure sur le front. Un peu de sang a séché dans les poils de son sourcil. De la magnésie s'est réfugiée sous ses ongles.

— Il y a de la lumière au sous-sol, dit-elle.

— Poutine! Les autres se sont réveillés!

— Qu'est-ce qu'on fait? demande Simon.

— Il faut y aller tout de suite, dit Tania.

Elle se déboucle et ouvre sa portière.

— Plus vous attendez, plus ils s'inquiéteront. Prions seulement pour qu'ils n'aient pas appelé la police, que personne ne soit à votre recherche.

— Et Laurence? demande Lili.

Tania l'avait oubliée, celle-là. Elle regarde la masse avec une taie d'oreiller sur la tête par le rétroviseur. L'échalote est toujours inconsciente.

— Y a-t-il une porte derrière? demande la châtaine.

— Oui, la porte-fenêtre, répond Simon.

— Elle est verrouillée?

— Je ne sais pas.

Voilà une nuit d'Halloween qui aura fait plus que le nécessaire pour ne pas se faire oublier.

Terrassés par la fatigue, Simon et Lili entrent par la porte-fenêtre de la terrasse. Elle n'est pas verrouillée. Sans faire le moindre bruit, ils entrent l'un après l'autre. Tania et Maude les suivent, transportant Laurence par les bras et les jambes.

— Dans ma chambre, indique Simon en chuchotant.

Sur la pointe des pieds, le groupe monte les escaliers et court vers la chambre de Simon. Tania et Maude déposent le corps de Laurence sur le lit. Simon lui enlève sa taie d'oreiller.

Le maquillage de Laurence a coulé. Ses cheveux sont dans un désordre complet. Elle ressemble à une jeune femme qui aurait pleuré toutes les larmes de son corps avant de s'effondrer sur le lit. C'en est presque touchant.

— Nous, on s'en va, dit Tania.

— Au revoir, fait Lili.

Avant de sortir, Tania se retourne vers les deux jeunes et esquisse une sorte de sourire.

— Cette nuit, dit-elle, vous avez été... quelque chose.

Simon et Lili se regardent. Ils sont un peu fiers même s'ils n'ont pas réussi à sauver Felipe. Dans cet institut, ils ont accompli des choses qu'ils croyaient bien au-delà de leurs capacités.

Une fois Tania et Maude parties, Simon se regarde dans le miroir. Son chandail noir est déchiré dans le dos, souvenir du bouffeur de vêtements. Il a des égratignures sur les épaules et les avant-bras. Il n'a pas tellement l'air d'avoir passé la soirée devant un film.

— On ne peut pas retourner au sous-sol comme ça, dit-il.

Lili s'en sort mieux, mais ses souliers et ses pantalons sont tout trempés de jus de poubelle.

— T'as raison, ils vont nous demander où on était, dit-elle.

Simon fouille dans sa commode et trouve un t-shirt noir. Il retire ce qui lui reste de chandail et enfile l'autre en vitesse. Lili le regarde. C'est la première fois qu'elle le voit torse nu, et ce n'est pas déplaisant. Simon tire le tiroir du bas de sa commode et trouve une paire de pantalons de jogging qu'il lance à Lili.

— Ça devrait te faire, dit-il.

Devant Simon (qui ne sait pas trop où regarder), Lili retire ses pantalons mouillés. Puis, c'est avec bonheur qu'elle se glisse dans un vêtement sec.

— Qu'est-ce qu'on dit s'ils nous posent des questions ? demande Simon.

— On dira qu'on est allés faire un tour...

$$\mathbb{Q}$$

— Un tour où ? demande Félix.

— Bah... pas loin, dit Simon. On s'est réveillés et tout le monde dormait, alors...

— Moi, je pense que je vais continuer cette nuit dans mon lit, lance alors Yann.

Les distingués invités de la soirée *Popcorn et chair de poule* rassemblent leurs affaires et se préparent à partir. Ça sent la fin.

C'est alors que Laurence Kim arrive, le chapeau fruité tout de travers, la robe froissée comme un chou frisé. La nuit a visiblement amoché notre échalote nationale.

— Beuh... dit-elle. J'ai le goût de vomir. Je pense que j'ai fait un cauchemar.

— Quel genre ? demande Kim en invitant son amie à s'asseoir sur un coussin.

— J'étais dans le noir... On m'avait kidnappée, je pense. Tout avait l'air si réel !

— Bon... lance Félix en arborant un large sourire. Les films d'horreur auront eu de l'effet sur au moins une personne !

— Pas sûr, en rajoute Yann. Laurence n'a pas dû digérer les fruits de son chapeau.

Tout le monde éclate de rire. Félix s'approche alors de son fils et le prend par les épaules.

— Fils, si tu veux, on organisera une autre soirée comme celle-là.

— Bof, tu sais... p'pa... Moi, c'est pas tellement mon truc.

— Attends ! La prochaine fois, c'est promis : c'est toi qui décideras de tout !

[00 : 00 DÉBUT DE LA COMMUNICATION]

Braün effleure un cercle rouge sur son tableau de bord et, immédiatement, le visage fin de la Dame apparaît dans l'écran. Chose rare : elle sourit.

— Je vous félicite, Braün, dit-elle.

— Merci, madame.

L'Homme en beige a la poitrine gonflée de fierté. Il tourne la tête et tombe nez à nez avec son reflet dans le hublot. Le Transport survole l'océan Atlantique depuis quelques minutes. À la vitesse où il va, il devrait être de retour au pic de Bugarach dans moins d'un quart d'heure. Felipe a respiré des gaz soporifiques et, maintenant, il dort comme un bébé dans un compartiment sous le Transport. Braün s'est donc acquitté de sa mission et savoure ce délicieux fruit que l'on nomme le succès.

Il n'y a qu'un détail qui l'agace comme un cheveu sur la langue.

— Par contre, madame, dit Braün, hésitant. J'ai vu une chose là-bas...

Le sourire de la Dame tombe. Tous les traits de son visage sont entraînés dans cette chute.

— Quelle chose? demande-t-elle.

— Au sol, dans le jardin de l'institut, pendant que j'étais en train d'aspirer Felipe... je pense avoir vu Simon et Lili.

— Vous pensez?

— J'en suis sûr.

— Mais... ils étaient à une soirée... je ne sais plus... une soirée de films, il me semble.

Les yeux de la Dame roulent de gauche à droite dans leur orbite. Elle semble confondue, dépassée par les événements. Des événements qu'elle n'a pas su prévoir, elle, la gardienne de Titor.

— Tout ce que je peux dire, madame, c'est qu'ils étaient là et que...

Braün interrompt sa phrase. Il allait parler trop vite. Il allait dire à sa patronne que Simon et Lili l'ont vu, lui, par le hublot du Transport. S'il est démasqué, c'en est fini de sa carrière d'Homme en beige.

— ... et que quoi, Braün ?

— ... et que... et que... les deux autres filles, les spéléologues... elles étaient là elles aussi !

Braün a eu chaud. Un mot de plus et il était foutu. La Dame fait une pause et ferme les yeux. Braün la regarde méditer sans trop savoir comment réagir. Au bout d'un moment, la Dame rouvre les yeux.

Elle n'a ni sourire, ni colère dans les sourcils, ni déception, ni rien. Son visage est vide d'émotions. Figé, tel le portrait d'un cadavre aux yeux grands ouverts.

La Dame regarde Braün. Braün regarde la Dame.

— On s'est fait avoir, Braün.

— Mais... on a ramené Felipe.

— C'est ce qu'ils voulaient.

— Je... je ne comprends pas.

— Naturellement. Vous n'êtes qu'un Homme en beige. C'est moi qui pense, pas vous. Felipe est un mouchard. Cela ne m'étonnerait pas que les Diffuseurs aient tout prévu de notre manœuvre, et aient attaché à ce gorille un dispositif pour garder sa trace...

— Ce qui voudrait dire que...

— ... qu'ils savent exactement où vous l'emmenez. Et s'ils savent où vous l'emmenez, ils sauront où se trouve le pic de Bugarach. Et s'ils savent pour le pic de Bugarach, ils n'auront aucune difficulté à trouver Titor.

Braün sent la chaleur monter le long de sa colonne vertébrale. La panique l'envahit. Le visage de la Dame, quant à lui, est toujours aussi terrifiant que celui d'une morte qui parle.

— Il... il y a certainement... certainement une autre explication, madame, bredouille l'Homme en beige en détachant sa ceinture de sécurité de ses mains tremblantes.

— Simon et Lili ne devaient pas être à l'institut cette nuit, Braün, poursuit la Dame, impassible. S'ils étaient là, c'est que les Diffuseurs n'étaient pas loin.

— Je suis sûr... je suis sûr qu'il y a une autre explication, madame... Je vous en prie.

Braün a compris ce qui se passait. Il se lève de son siège. Il cherche à fuir mais, bien entendu, il n'y a aucun moyen de fuir lorsqu'on se trouve dans le cockpit du Transport.

— Je ne peux faire autrement, Braün. Je ne peux pas laisser les Diffuseurs nous suivre jusqu'au pic de Bugarach.

— MAIS J'AI RAMENÉ FELIPE ! J'AI FAIT TOUT CE QUE VOUS M'AVEZ DIT DE FAIRE !

Braün sait trop bien ce que lui réserve la Dame. Il ne veut pas. Il sent que c'est une injustice.

— Et si Simon et Lili vous avaient vu ?

— MAIS NON ! MAIS NON ! ILS NE M'ONT PAS VU !

— Pourquoi mentez-vous, Braün ? Au moins, restez digne.

Plus Braün panique et hurle en pleurant dans le cockpit, plus le ton de la Dame est calme, presque insultant.

— Cela me chagrine, Braün, car vous étiez mon meilleur, vous le savez.

— JE LE SUIS TOUJOURS ! LAISSEZ-MOI VOUS PROUVER QUE JE LE SUIS TOUJOURS !

— Hélas, Braün... Le secret passe avant tout. Cela aussi, vous le savez.

Braün s'effondre sur le plancher du cockpit en hurlant son désespoir. La Dame le regarde une dernière fois.

Puis, elle ferme les yeux.

[04:01 FIN DE LA COMMUNICATION]

En cette nuit, quelque part au-dessus de l'océan Atlantique, l'explosion d'une soucoupe volante aura donné lieu à un spectaculaire feu d'artifice.

Hélas, seuls les poissons l'auront vu.

②⓪ Assez court épilogue

Vous le savez déjà certainement, mais je le mentionne au cas où : on nomme « épilogue » la portion du récit qui se déroule *après* les événements principaux de l'histoire.

Dans le cas qui nous occupe, vous êtes en droit de vous demander comment nos héros sont revenus à leur petit train-train quotidien à la suite de cette étrangissime nuit d'Halloween.

Ne cherchez pas le mot « étrangissime » dans le dictionnaire. Il n'y est pas. Je viens de l'inventer. Bref.

Commençons par Laurence Kim. Celle qui a passé la nuit ligotée sur la banquette arrière de l'auto de Tania s'en est presque tirée indemne.

Je dis « presque », car il y a ce petit détail. Vous vous souvenez, Laurence mangeait une prune de son chapeau de fruits au moment où Lili l'a endormie. Après cette prune, l'échalote n'a que des souvenirs flous du reste de la nuit.

En fait, elle est convaincue qu'il s'agissait d'un cauchemar causé par une prune avariée.

C'est ainsi que, par un curieux phénomène, Laurence a développé une peur des prunes. Elle est devenue prunophobe.

Ce mot-là aussi, je viens de l'inventer.

Une personne en particulier tire un malin plaisir de sa hantise pour le petit fruit bleu à noyau : Éric-François. Pas un midi, depuis qu'on a diagnostiqué la prunophobie de Laurence, n'a-t-il manqué d'ajouter des prunes à son lunch. Il en laisse traîner un peu partout dans la salle de rédaction. L'autre jour, il en a glissé une dans le sac de l'échalote.

Lorsque celle-ci l'a trouvée, on l'a entendue crier jusqu'au Nunavut.

La vengeance est douce au cœur de l'Indien, dit l'expression. Et pour notre maigrelet chroniqueur, elle est double.

Oui, car puisqu'il a vu un ovni en cette étrangissime soirée d'Halloween, il a finalement pu décrocher la une du *Cratère*.

Voilà qui vaut bien des prunes.

Quant aux autres, Tania et Maude ont repris leur boulot au musée. Le patron de Maude n'a pas encore remarqué la disparition du « virulliteur », abandonné près d'une porte au septième étage de l'Institut psychiatrique de Radicelle. C'est une bonne chose. S'il pouvait carrément oublier l'existence de cette rondelle, ce serait l'idéal.

La plupart des fous qui se sont évadés de l'institut sont toujours portés disparus, dont Titi. Voilà aussi une bonne chose pour ces pauvres gens qui n'aspiraient qu'à une vie normale. Bien sûr, on a lancé des avis de recherche. Les journalistes à la télé ont baptisé l'événement « l'émeute de l'Halloween ».

Les journalistes aiment donner des noms aux événements qu'ils couvrent, tels que

« l'affaire du tueur au couteau suisse » ou « le scandale du faux parcomètre ».

Je disais donc que la police n'a pas retrouvé tous les fous disparus au cours de l'émeute de l'Halloween. Parlant de la police, elle recherche toujours ce mystérieux Titard Mahut...

J'ai comme l'impression qu'elle cherchera longtemps.

Autrement, rien n'a changé à Grise-Vallée. Enfin, une chose : désormais, l'épicerie est fermée la nuit. Tant pis pour les femmes enceintes qui voudront acheter des cornichons à trois heures du matin.

Et nos deux héros ? Simon a dû expliquer à sa mère pourquoi son chandail était déchiré et d'où venaient les égratignures sur son corps. Il a bredouillé quelque chose comme le récit d'une chute à vélo.

Lili a retrouvé sa place devant le lave-vaisselle du Via Lattea. En essuyant ses tasses, elle pense souvent à Luis, l'homme aux lunettes de soleil. S'en est-il sorti ?

Elle croit avoir trouvé la réponse dans son horoscope de ce matin :

♈ **BÉLIER** Vous vous faites du souci pour les autres et c'est une belle qualité. Par contre, la plupart du temps, les choses sont moins graves que vous l'imaginez...

Ce matin, elle a aussi reçu une lettre de Charles Fortan. Elle doit la montrer à Simon aussitôt qu'elle en aura terminé avec ces fichues tasses. Je la reproduis ici :

Chers vous deux,

Désolé de ne pas vous avoir donné de nouvelles plus tôt. Je crois avoir un peu perdu la notion du temps.

Depuis quand suis-je dans ce bunker ? Un an ? Deux ? Je ne sais plus. Je comprends maintenant pourquoi les prisonniers gravaient un trait pour chaque jour qui passait sur les murs de leur cellule. Cela leur permettait de calculer combien de temps il leur restait avant de sortir. Dans mon cas, comme je suis condamné à vivre dans cet abri nucléaire jusqu'à ma mort, à quoi bon compter les jours ?

Il n'empêche, c'est une très étrange impression que celle d'être comme à l'extérieur du temps...

J'aurais bien aimé vous dire qu'il s'est passé tout un tas de trucs ici, mais ce serait mentir. Non, il ne s'est rien passé dans ce bunker. L'autre jour, le dossier de ma chaise est tombé. Je l'ai revissé.

Quelle aventure, non ?

Mais je ne me plains pas. J'ai encore toute ma tête, c'est l'essentiel.

J'imagine que vous vivez plus d'aventures que moi, là-haut. J'aimerais les lire bientôt dans Le Cratère. Cela fait longtemps que je n'ai rien lu de vous. Combien de temps ? Un an ? Deux ? Je ne sais plus.

Mme Bondier m'a apporté quelques copies du journal, mais je n'y ai pas trouvé vos signatures. J'espère qu'il ne vous est rien arrivé.

Vous formez un beau duo. Vous me faites penser à moi et à Bob Paca. Deux êtres complètement différents, mais qui se complètent bien. Ce genre de chimie entre deux personnes, c'est rare. Et c'est précieux...

À bientôt,
C. F.

㉑ Plutôt long épilogue

Un certain dimanche, vers 16 h 49.
Je vous préviens : si vous ne terminez pas ce
livre, vous serez privé de dessert.

— Je suis sérieuse, Éric-François, dit Lili en
mastiquant son panini sur la banquette arrière
de l'auto. J'ai trouvé ton article excellent.

— Peuh ! Depuis, tout le monde à l'école
me regarde comme si j'étais une andouille.

— Mais nooooon !

— J'aurais jamais dû écrire cet article.

— Au contraire... Poutine ! T'as vu un ovni.
Et puis moi, je te crois.

— Je te crois aussi, dit Simon, sur le siège
du passager.

Éric-François est à plusieurs kilomètres
de se douter à quel point Simon et Lili savent
qu'il a *vraiment* vu une soucoupe volante.

— Me racontez pas de sornettes ! Vous
dites cela parce que je vous conduis jusqu'ici ?

— Solide, non ! dit Simon.

Éric-François insère l'auto de son père
dans l'une des nombreuses places libres du
stationnement de l'Institut psychiatrique de
Radicelle. Des crottes de nuages flottent dans
le ciel. Il y a un petit vent chaud pas désa-
gréable du tout. Les quelques feuillus perdus
parmi les épinettes ont déjà mis leurs habits
d'automne.

Simon, Lili et Éric-François descendent de l'auto et entrent dans l'institut. Depuis la dernière fois, il n'a pas changé d'une miette. Toujours cette bonne vieille tranche de pain en ciment. Dans le hall d'entrée, toujours cet abus de propreté, ces planchers miroitants et ces murs d'un vert caca d'oie. Le comptoir de l'accueil est toujours au milieu du hall. Et, derrière, toujours Mme Wuth, la préposée au gabarit de réfrigérateur.

— Vous ici? fait-elle en voyant débarquer nos trois compères.

— Nous avons un rendez-vous, dit Lili.

— Le patient Calecòn s'est évadé la semaine dernière, vous ne le saviez pas?

— Nous savons. Nous venons visiter quelqu'un d'autre, à 16 heures.

Mme Wuth saisit ses lunettes de lecture et les pose à cheval sur l'arête de son nez. Elle consulte sa feuille de rendez-vous, le bout de la langue sorti. Puis elle relève les yeux vers Lili.

— Mmmmh. Je vois. Alors, j'imagine qu'il n'y aura pas de gâteau aux framboises ce soir pour les gars de l'entretien ménager... Elle vous attend dans la salle commune. Vous connaissez le chemin?

— Oui, merci, fait Lili.

Les trois empruntent le corridor menant aux portes battantes. Sans le laisser paraître, ils sont tout de même nerveux et fébriles d'être ici. Pour Simon et Lili, c'est un peu comme s'ils revenaient sur les lieux de leur crime.

Derrière les portes, ils retrouvent la faune habituelle des fous légers et leurs curieuses manies qui, ici, ne surprennent personne. Assise sur une chaise près de l'horloge se tient Mme Byro.

Elle a mis sa plus belle robe. Ses jambes tordues comme de vieilles branches sont repliées sous le siège. Elle semble d'ailleurs avoir l'âge d'une forêt. Elle a cueilli une fleur dans le jardin et l'a glissée dans sa chevelure fine comme une toile d'araignée. Sa bouche ridée, tartinée de rouge à lèvres, ressemble à une rose flétrie. Un gâteau aux framboises attend qu'on le coupe sur une table basse.

— Bonjour, grand-maman ! dit Lili en s'approchant de la dame.

La vieille regarde Lili et plisse les yeux. Elle ne la reconnaît pas. Est-ce sa mémoire qui perd encore des morceaux ? Possible. Certains matins, Mme Byro trouve dans son miroir une pomme toute ratatinée qui lui est parfaitement inconnue. C'est pourtant elle. Or, si elle ne reconnaît pas Lili, c'est pour une tout autre raison : elle ne l'a jamais vue de sa sainte vie.

De toute façon, que ces jeunes soient ses petits-enfants ou pas n'a aucune importance. Après un demi-siècle à attendre tous les dimanches que sa famille vienne la voir, la pauvre femme ne crachera pas sur des visiteurs.

Au bout d'un moment de réflexion, le visage de la dame s'éclaire tel un petit soleil. Elle prend les mains de Lili dans les siennes.

— Je savais que vous alliez venir! dit-elle d'une voix chargée d'émotion.

— C'est moi, Lili. Et Simon aussi est venu. Et Éric-François...

Les trois approchent quelques chaises et s'assoient près de la dame.

— Vous prendrez un morceau de gâteau? dit celle-ci.

Éric-François est le premier à se réserver une assiette.

— Whoa! Il a l'air délicieux!

Mme Byro saisit un couteau. Elle tranche trois gros morceaux pour ses visiteurs et une tranche de l'épaisseur d'une feuille de papier pour elle-même. C'est la règle: plus on avance en âge, plus les portions de dessert sont minuscules. Mme Byro doit avoir cent ans.

— Ne restez pas là, dit-elle après avoir servi une part à tout le monde. Quelles sont les nouvelles?

Lili veut parler, mais elle a la bouche pleine. C'est elle qui a eu l'idée de venir ici en ce beau dimanche après-midi. L'histoire de cette grand-mère l'a bouleversée. Elle s'est dit qu'elle méritait une visite.

Mais Lili sentait aussi le besoin de revenir dans cet institut psychiatrique où elle a vécu la frousse de sa vie. Pourquoi? Peut-être par désir d'affronter ses peurs, un peu comme le survivant d'un écrasement d'avion qui décide de reprendre l'avion quelques semaines seulement après son accident.

On appelle cela «combattre le feu par le feu».

— Papa et Clémence vont avoir un bébé, répond Lili après avoir avalé sa bouchée de gâteau.

— Quelle excellente nouvelle! Tu dois être ravie d'être grande sœur.

— Oui. Au début, j'étais un peu couci-couça, mais maintenant ça va. J'ai hâte de le voir, ce bébé.

— C'est pour quand?

— Mi-mars.

— Un bébé, c'est un petit soleil dans une vie. On n'a jamais trop de soleil.

Lili écoute cette vieille dame qui n'a certainement rien d'une folle. Ou si elle l'est, elle le cache bien. Et pourtant, dans cette salle commune, la folie des autres patients est difficile à ne pas remarquer. Je prends pour exemple l'homme en maillot de bain avec un masque de plongée tout près d'eux. Il bouge au ralenti comme s'il était en train d'explorer les fonds marins.

Mme Byro ne présente aucun comportement étrange.

— Et toi? dit la grand-mère en se retournant vers Simon. Pardonne-moi, mon grand, j'ai oublié ton nom.

— Simon.

— Bien sûr, Simon... Que fais-tu de bon, Simon?

— Ben... euh... En ce moment, mon père et moi, on prépare une fête du cinéma pour Noël.

— Ah oui?

— Oui... Et mon père me laisse choisir les films.

— Aaah... Ça me semble un beau projet. Mais le plus important, c'est qu'il va t'en rester de beaux souvenirs. C'est important, parce que avec l'âge les souvenirs s'effacent. Sauf que les beaux souvenirs sont les derniers à disparaître. Ramasses-en donc le plus que tu peux pendant que tu en es encore capable.

La dame se retourne alors vers Éric-François, qui en est à son deuxième morceau de gâteau.

— Et toi? continue la dame en faisant un geste pour demander à Éric-François de s'approcher un peu. Qu'est-ce que tu caches sous le bras?

Notre chroniqueur a de la garniture à la framboise sur la lèvre supérieure. Il regarde ses deux collègues, puis la vieille dame.

— C'est le journal de notre école, dit-il enfin. Il y a mon article à l'intérieur.

— Ah oui? J'aimerais le lire...

Éric-François lui tend sa copie du *Cratère*.

— Tenez, c'est celui à la une.

Mme Byro prend le journal. Elle l'approche de ses yeux pour lire, puis l'éloigne en regardant par-dessus ses lunettes.

— Misère! C'est du chinois pour moi! Mes vieux yeux, tu comprends. Tu pourrais m'en faire la lecture?

Éric-François hésite, regarde les autres, puis déplie le journal. Il se racle la gorge et se met à lire à voix haute les premières lignes de son article sur les ovnis.

Le Cratère, vol. XI, n° 2

EXCLUSIF !
Notre chroniqueur aperçoit un ovni !

Texte et photos d'Éric-François ROUQUIN

L'Halloween est toujours une journée étrange. Pour moi, cependant, aucune nuit d'Halloween n'égalera l'étrangeté de celle que j'ai vécue dimanche dernier. Tout a commencé par une drôle de lumière dans le ciel de Grise-Vallée…

Les fans de cette chronique savent ce qu'est un ovni. Acronyme d'« objet volant non identifié », c'est ainsi que l'on nomme les objets aperçus dans le ciel, et qui n'entrent ni dans la catégorie des avions ni dans celle des oiseaux ou des nuages.

Depuis des siècles, des hommes et des femmes voient des choses mystérieuses flotter dans le ciel. Tantôt des lueurs, tantôt des globes lumineux, tantôt des soucoupes volantes.

J'ai rejoint le club des témoins d'ovnis dans la nuit du 31 octobre dernier.

L'événement s'est déroulé un peu après 2 heures. Je me trouvais sur la terrasse de la résidence de Simon Pritt, seul, et mes yeux se sont levés vers le ciel étoilé. La lune était dans son dernier quartier, et c'est alors que j'ai vu un point jaune.

J'ai failli ne pas le remarquer.

Ce point jaune se déplaçait dans le ciel en suivant une ligne droite. J'ai d'abord pensé qu'il s'agissait d'un satellite ou d'un avion au loin.

J'ai dû balayer ces hypothèses en constatant que la lueur non seulement se déplaçait, mais grossissait à vue d'œil.

Au bout de quelques secondes, j'avais sous les yeux un cercle jaune beaucoup trop gros — donc trop proche — pour être un satellite et encore moins une étoile. Ce que je commençais à prendre pour une soucoupe volante flottait maintenant au-dessus des collines de Grise-Vallée.

N'ayant aucun appareil photo sous la main pour conserver une preuve de ce phénomène extraordinaire, j'ai couru vers la chambre de Simon Pritt afin de lui emprunter le sien.

Je suis revenu quelques secondes plus tard équipé d'un appareil sans flash et sans zoom. Hélas, mes photographies d'ovni ne sont pas très convaincantes, et c'est ma plus grande déception.

Mme Byro l'écoute attentivement. Simon et Lili regardent cette dame merveilleuse,

cette grand-mère que tout le monde rêverait d'avoir. Lili a les yeux humides. Simon aussi, mais il s'empresse d'essuyer le tout avec sa manche. Le moment est beau.

Tandis qu'Éric-François lit son article, d'autres patients, attirés par sa prestation, s'attroupent autour de Mme Byro et des trois jeunes. Dans un silence religieux, tous écoutent le témoignage d'Éric-François.

Depuis des siècles, des hommes et des femmes voient des choses mystérieuses voguer dans le ciel. Et, jusqu'ici, aucun d'entre eux n'est parvenu à prouver hors de tout doute que ce qu'il a vu est un authentique ovni.

Désormais, je fais aussi partie de ceux-là.

Parmi tous les témoins d'ovnis, certains en ont parlé autour d'eux, à leurs amis, à leur famille, à la police. Mais, sans preuve à offrir, ils sont le plus souvent passés pour des illuminés. Certains sont même devenus fous à force de ne pas être pris au sérieux.

Je sais que cette lumière qui est apparue dans le ciel de Grise-Vallée et qui a flotté au-dessus des collines pendant une bonne dizaine de minutes n'était ni une étoile, ni un satellite, ni un ballon météorologique, ni le reflet des lumières de la ville. Je sais que c'était un ovni.

D'où venait-il? De quelle planète? Je l'ignore. Que venait-il faire à Grise-Vallée? Était-il là pour étudier le sol ou la végétation de notre région? Je l'ignore encore plus.

Ce que je sais, par contre, c'est que cette lueur dans le ciel existe pour une bonne raison. Laquelle? Un jour, nous comprendrons.

— Euh... c'est tout, conclut Éric-François, un peu intimidé par toute l'attention qu'il reçoit.

Les patients autour de lui l'enveloppent. Certains lui tapotent l'épaule en le complimentant pour son article: «Beau texte, le jeune», «Bravo».

La dame attend un moment avant de parler. Elle trouve dans la manche de sa robe un mouchoir de lin qu'elle utilise pour éponger délicatement le coin de ses yeux. Puis, elle regarde Éric-François et lui prend les deux mains.

— Tu as du courage d'écrire cela, dit-elle. Tu as raison, les gens croiront que tu es fou... Je suis bien placée pour le savoir. Malgré tout, ne cesse jamais d'écrire, ne cesse jamais de croire en ce que tu as vu. En revanche, ne crois pas ce que disent tous ces gens...

Elle fait une pause.

— ... parce qu'on devient fou seulement lorsqu'on finit par croire ce que disent tous ces gens.